PARIS

E N

MINIATURE.

PARIS

EN

MINIATURE,

D'après les deſſins

D'UN NOUVEL ARGUS.

A AMSTERDAM,

M. D. CC. LXXXIV.

PARIS

EN

MINIATURE.

Enfin le voilà dans un fimple croquis
ce théâtre de tant d'événemens, ce lieu
vifité par tant de Souverains, le pays
natal de tant d'hommes célèbres; &
cette immenfe Capitale dont les habitans forment un monde, dont les faux-
bourgs font des cités, cette Ville que
fes modes, fes mœurs, fes écrits rajeû-
niffent continuellement, & rendent la
bouffole de l'univers, devient un point
fous mon pinceau.

Entreprise digne d'un siecle comme le nôtre! où l'on n'aime que des esquisses, où l'on ne veut qué des brochures éphémères, où le meilleur livre n'a point de cours s'il n'est joliment intitulé!

Loin de nous ces générations refrognées qui ne lisoient point, ou qui ne parcouroient que des *in-folio*, qui donnoient quittance d'un esprit léger en faveur d'une lourde raison; Paris en miniature leur eût paru le comble de la folie.

Mais si le frontispice de nos palais semblent avoir été brodé par des marchandes de modes, tant la sculpture en est fine & délicate, pourquoi celui d'un livre ne pourroit-il afficher la gentillesse? En fait d'élégance, on peut aujourd'hui tout oser.

Me dira-t-on que le tableau de Paris en huit volumes doit suffire à l'avidité des curieux. Eh! combien n'y en a-t-il pas qui tombent en fyncope à la vue d'un fimple *in-8vo.* !

D'ailleurs ce petit ouvrage fût-il un hors - d'œuvre, il ne fera pas le feul dans la fociété; l'on y fouffre tant d'ê-tres inutiles!

Et puis tous les jours il nous faut du frivole & du neuf. La fuperbe galerie qu'on nous prépare, & qui fera l'ad-miration de tous les étrangers : eh bien! je ne ferois pas furpris qu'on lui pré-férât un cabinet incombuftible dans l'ifle des Cygnes, un globe aëroftatique lancé dans les airs, un château de fucre dans la rue des Lombards. On ne parle plus de la majefté du Louvre, parce qu'il étonne, & qu'on ne veut plus que des gentilleffes.

Si quelque contrôleur de plume s'a-vifoit de me critiquer avec humeur, je lui dirois tout modeftement : Eh!

de grace, Monſieur, ne vous fâchez
pas : pourquoi faire éclater votre colere
contre une feuille que le vent emporte?
Demain elle n'exiſtera plus ; d'ailleurs
on a bien décrié le Poëme des Jardins.

Rien de plus fabuleux que l'origine
de Paris ; on ne ſait même d'où lui vient
ſon nom. La ſeine qui l'arroſe, ne de-
vint oblique & tortueuſe qu'après l'a-
voir traverſée. Dis-moi qui tu fréquentes, ripoſteroit un critique, je te dirai
qui tu eſt.

Sa poſition eſt agréable, malgré les
carrieres qui la rendent douteuſe dans
certains endroits ; l'art y répare la nature du ſol, & chacun le trouve auſſi
fertile que délicieux. On reproche à Paris l'inconſtance du climat comme la
premiere cauſe de la légéreté des Pariſiens. Eh! tant mieux, ils en ſont mille
fois plus aimables ; la nature elle-même
tantôt rembrunie, tantôt enluminée,
ne varie-t-elle pas ſelon les ſaiſons?

D'ailleurs si le printems se cache sous des slimats, on le retrouve dans la suavité des mœurs; si l'été s'échappe au milieu des pluies, on saisit quelque instant propre à parcourir les boulevards ou les champs-élisées; & par la maniere d'y respirer la gaîté, ce sont de vraies jouissances que ces deux momens·

A Rome, comme à Madrid, le jour le plus pur n'inspire point l'alégresse qu'on éprouve dans Paris lors même qu'il y pleut. Eh! qu'importe un superbe climat, si cela ne sert qu'à dire qu'il fait beau?

C'est aux bords de la Seine qu'on connoît tout le prix d'une belle promenade, qu'on trouve dans l'épauouissement des visages & des esprits le moyen d'oublier si le tems est obscur ou serein.

D'ailleurs qu'est-ce qu'une pluie parisienne en comparaison des ouragans·

ficiliens? Nos tonnerres font prefque mélodieux ; & tandis que la Calabre s'engouffre dans des abîmes, nous n'avons que quelque *pouffiere d'eau*, comme dit l'Académie d'Angers.

Mais commençons par efquiffer la cité qui formoit la petite Lutèce dont parle l'Empereur Romain, & qui nous engage à lui dire, comme dans l'Opéra-Comique : *reviens, Julien*, & tu trouveras qu'on n'y a prefque rien changé.

Jufte Ciel, comme on a négligé le centre de la Ville, pour décorer les alentours ! c'eft le corps d'une hirondelle avec des aîles d'aigle, felon l'expreffion de Manfard.

Le gothique de la Métropole fe communique à tout le peuple qui l'entoure. Point de Province plus bourgeoife, & plus lugubre que les environs du Pont-Rouge, & même l'Ifle Saint-Louis ; des modes antiques, de vieilles nou-

velles, des caquets éternels, des répas
cérémonieux, des jeux compaſſés, des
collets montés.

Eh! la rue St.-Jacques? Eh! le fauxbourg St.-Marceau? Nos petites-Maî-
treſſes en ont le cochemar, quand il
faut ſeulement les traverſer, & cela leur
paroît auſſi loin que Bordeaux & Lyon.

On n'y trouve pas même un ſeul
hôtel qu'on puiſſe régarder; mais en
revanche combien n'y en a-t-il pas d'é-
légans & de majeſtueux dans les faux-
bourgs St.-Germain & St.-Honoré!

Si je grouppe maintenant le Marais,
par où commencerai-je? La Place
Royale eſt un édifice perdu qu'il faut
chercher, quoique les rues qui l'entou-
rent ſoient dignes de l'annoncer. Le
quartier Saint-Antoine ſe déploie avec
une grandeur qui lui mérite l'admiration
de tous les étrangers : ce fut jadis le
ſéjour des Seigneurs.

A 5

Mais aujourd'hui il ne falloit pas moins que le voifinage de Paris, pour rendre le Marais parifien ; & la chofe a prefque réuffi : l'on y trouve quelques nuances des nouvelles modes ; les femmes y lifent de petites brochures prefque galantes, & l'on y fait parade de quelques Suiffes infolens. Ce n'étoit autrefois que des gens très – honnêtes, qui vous difoient très-bénignement *Madame eft à Vépres* ; (car on y alloit alors) *Madame va venir* : autre tems, autres mœurs. On vous dit maintenant qu'on n'eft pas vifible, comme cela fe pratique brufquement au faux-bourg Saint-Germain.

Tout a changé depuis que de brillantes voitures froiffent tous les jours le Marais, & que des Laïs fe font voir aux boulevards fous des parterres flottans ; mais voilà qu'elles paffent ces élégantes que le luxe entretient, que le

ſecle diviniſe, & qui n'ont qu'une exiſtence précaire, depuis que la finance
éprouva des ſuppreſſions.

Agréables, qui vous tenez ſur leur
paſſage, & qui les lorgnez aux boulevards, voilà tout ce que vous en aurez.
Elles ont bien pour vous quelques ca-
prices, mais elles ſçavent que vous
n'avez qu'une taille ſvelte, que de
jolis menſonges, que des dettes à leur
offrir ; & l'*argent*, l'*argent* eſt le
thermomêtre de leur cœur.

La nobleſſe juſtement indignée, ſe
rabat ſur dès armoiries & ſur des livrées ; tandis qu'à leurs yeux le plus
bel écuſſon eſt tout ſimplement un
louis d'or.

La vie des courtiſannes de Paris dif-
fere entiérement d'un ſérail ; mais
combien ne paient - elles pas l'honneur
de promener leur viſage en paſtel
dans des chars dorés ! Leurs argus,

A 6

plutôt que leurs amans, interpretent leurs geſtes, combinent leurs regards, leur font un crime de leurs coups d'éventail, & la ſoirée ſe paſſe à gronder, à moins qu'on ne bâille en duo.

Des filles auſſi fauſſes qu'intéreſfées, des ſeptuagénaires amoureux qui ſe croient aimés : les jolies tête-à-tête ! & Géronte abandonne la plus digne épouſe ; & Géronte renonce à la ſociété de ſes enfans, pour de pareils ſoupers.

De toutes les femmes entretenues, dix font fortune au bout de quelques années : que devient le reſte ? C'eſt la grenouille qui a profité d'un rayon du ſoleil pour ſe repoſer ſur une belle prairie, & qui ſe replonge dans ſon marais.

La monotonie détruit l'amour ; & cette Lucile, qu'un grand Seigneur

adoroit comme fa pagode, eft totale-
ment délaiffée; mais elle paffe aux
Abbés.

Il pleut de toutes parts de ces êtres
amphibies, qui n'étant ni Prêtres ni
Laïcs, connoiffent tout, excepté
l'étude & la Religion. Les uns, comme
un vent coulis, fe gliffent par un ef-
calier dérobé chez quelque femme de
réforme, & cela fait des complaifans;
les autres fe donnent en fpectacle par
leur maniere d'exifter, & cela forme
un fond de comédies.

Violet, rouge, cramoifi, même le
fin galon d'or, tout, excepté le noir,
leur eft bon pour fe rendre ridicules.
C'eft une mafcarade qui dure toute
l'année.

Plus on les fiffle, plus ils fe pava-
nent : s'ils fe trouvent dans cette brochure, c'eft qu'on les rencontre par-
tout.

Mais voilà quelqu'un qui me frappe
fur l'épaule , & qui m'appelle fon
ami. Bon, il eft déjà loin de moi; le
plaifant original! il ne m'a parlé
qu'une fois , & rien de plus affectueux
que fon gefte & fon ton. C'eft la
mode de Paris. On fe familiarife dès
la feconde entrevue. Ma foi , cela
vaut encore mieux que Londres , où
l'on meurt fans ofer donner le nom
d'ami.

Oh! les jolies maifons de verre!
Je ne vois que luftres & glaces de
toutes parts ; & ce font des cafés.
L'on en compte neuf cents dans Paris,
fur lefquels vingt s'enrichiffent, cinquante fe foutiennent , le furplus
s'abime ou languit. Il y en a qui
prennent le ton des Tribunaux ; &
l'on y prononce en dernier reffort
fur les ouvrages & fur les Auteurs ;
d'autres fe donnent les airs des cabi-

nets politiques ; & c'eſt là que des
perſonnages étudient les Gazettes
comme un livre d'algebre, ou ne les
parcourent que pour bavarder. Pauvres patiens ! vous qui les écoutez.

Au reſte point de Ville dans l'univers qui fourniſſe plus que Paris
l'occaſion de babiller. Auſſi n'y manque - t - on ni de *grandiloques*, ni de
raconteurs. Les événemens s'y ſucce-
dent comme les ombres de la lan-
terne magique. Nouveautés d'hier ,
aujourd'hui décrépites ; paſſage de la
douleur à l'alégreſſe, affaire d'un moment ; Auteur qu'on préconiſe , en -
thouſiaſme éphémere ; ouvrage qu'on
s'arrache, feu follet : mais qu'importe
à *Merſenne* qu'on le blâme ou qu'on
le loue, ſi cela ne doit durer que quelques minutes, ſi la critique s'exerce
à l'alternative ſur tous les citoyens ,
à moins qu'ils ne ſoient obſcurs ; s'il

eft d'ufage que tout homme en place, & que tout homme qui écrit fera déchiré ?

L'avidité du nouveau reçoit le menfonge comme la vérité. Satyre, éloge, tout en eft bon, pourvu que cela ferve à l'amufement. Point de ré-flexion, point d'examen. L'invraifemblance même trouve des foules de crédules ; & cela fait merveille pour l'oifiveté. Les promenades publiques font dans Paris le plus grand paffe tems. Toujours du monde, en dépit de la brume & du foleil. Les femmes de qualité viennent y chercher des hommages ; les coquettes y mendier des regards ; les filles y quêter des amours. Les fentimens s'y trafiquent comme des billets de banque ; & *Fatime* fe préfente avec effronterie, fûre, dit-elle, d'aimer celui qui paiera le plus.

L'amour fut autrefois l'enfant du cœur ; il n'eſt plus que celui de l'eſprit. Tout en fauſſes promeſſes, en futiles complimens, il s'évapore dans un vaudeville, ou dans un madrigal. On le fait trop joliment ramager, pour que ce ſoit lui qui parle.

L'amante & l'amant ſe trompent avec la même fineſſe ; & je ne voudrois pas jurer qu'il n'y eût de la convention. Oh ! nos bons ayeux ! l'auriez - vous imaginé ?

Le Palais Royal, depuis qu'on le rebâtit, met tous les promeneurs en déſarroi. Les filles n'y trouvent plus cette pluie d'or qui payoit dans l'obſcurité des charmes imaginaires ; les aigrefins n'y rencontrent plus ces complaiſans qui les menoient dîner ; & ce monde - là n'y paroît maintenant que pour dire avec amertume : Si ces pierres pouvoient ſe changer en pain !

Auffi plufieurs ont - ils gagné la province, & *Dorine* ne rencontre-t-elle
plus de Créfus qui la logent & l'ha-
billent. Elle s'en venge ; elle fe fait
dévote. Il en eft encore , malgré la
dépravation ; & j'en connois une qui
difoit l'autre jour à la compagne de
fes bonnes œuvres (car la dévotion
fimulée veut des prôneurs & des témoins) : Évitons la rencontre de ces
jolis damnés qui demeurent aux environs du Palais Royal , & qui d'un
clin - d'œil renverferoient nos vertus.

Les Tuileries , le plus noble des
jardins , fur -, tout depuis que la place
& la ftatue de Louis XV fervent à
l'embellir, redeviennent à la mode.
On vient chaque jour leur faire amende
honorable de les avoir fi long tems
négligées ; mais il y manque une co-
lonade le long de la terraffe des
Feuillans , qui, ornée des buftes de

nos Rois , ferviroit , pendant la pluie,
de retraite aux promeneurs.

La belle décoration , que cette multitude d'individus bariolés qui entou-
rent le grand baffin aux jours de fête ! Rien de plus agréable , rien de
plus pompeux : beauté , coquetterie,
fimplicité , élégance , fingularité , tout
s'y raffemble pour former le tableau
le plus mouvant & le plus varié.
Vient - il à tomber une goutte d'eau ?
la place fe vide fur - le - champ , &
l'on fuiroit encore bien plus vite fi
les arbres venoient à parler.

Pauvre arbufte , difois - je l'autre
jour à un jeune marronier qu'on apperçoit près de la grande allée , que
de chofes fe pafferont fous ton feuil-
lage à mefure que tu prendras de
l'accroiffement & de la vigueur ! Plus
d'une fois tu verras à tes pieds le
mérite indigent n'avoir pour toute

reffource que ton ombre à l'heure de
dîner ; tu verras des aventuriers littéraires, rimaillant en dépit des Mu-
fes, chercher fous ton pavillon l'hé-
miftiche de quelque mauvais vers ; tu
verras des rendez-vous qu'on n'ofera
te confier, que parce que tu feras
néceffairement difcret.

Quant à la promenade du Luxem-
bourg, où l'on n'étudioit que de vieux
fermons, on l'on ne reffaffoit que
d'antiques nouvelles, elle reffufcite
depuis qu'un grand Prince y répand
un efprit de vie. Mais toujours l'on y
commerce & l'on y tricote avec la
fimplicité du bon vieux tems ; & là,
comme ailleurs, pas une feule robe
qu'on puiffe admirer. Les femmes ne
fe parent plus qu'avec des chiffons ;
& la maîtreffe, ainfi que la foubrette,
n'a plus que des déshabillés qui, toujours frais, deviennent extrêmement

difpendieux. Etoffes de Lyon , rentrez
dans vos magafins , ou n'en fortez
que pour l'étranger. Tel eft l'oracle
que la mode a prononcé ; les ameu-
blemens même ne doivent plus être
qu'en papier. Il eft jufte que les murs
portent l'empreinte de la légéreté. Rien
de moins trompeur que le François.
Par - tout il affiche fa jolie paffion
pour le colifichets.

Et ces hommes qui fe préfentent en
bottes le matin chez la femme du plus
grand ton ; & les élégans qui paroiffent en frac pour y diner. Oh ! nos
peres !..... Ils en feroient morts de
douleur.

Paris n'a plus de diamans ; à moins
qu'ils ne foient au Mont - de - Piété.
Les Grands même y font paffer leurs
bijoux ; mais dans un *incognito* qui ne
compromet point leur grandeur. Les
femmes fe croient magnifiques en

s'affublant d'un volume de cheveux qu'on achete à la livre, excepté celles qui fe coëffent en abbés, prenant jufqu'à leur chapeau pour fe rendre encore plus ridicules.

D'après tant d'inventions bizarres, il ne nous manquoit que l'anglomanie. Auffi eft-elle venue faifir nos agréables, qui maintenant, fans broderies, fans galons, en groffe canne, en groffe cravate, veulent abfolument paffer pour des bourgeois de Londres. On a vu jufqu'à des Seigneurs prendre le coftume même des Jockeis, fe voûter ridiculement fur un cheval, pour mieux finger un lugubre Milord.

Les jardins à l'angloife; combien n'ont-ils pas tourné la tête à nos chers Parifiens! Eh! que n'entourent-ils de murs un mauvais village où il y a des décombres, des ponts délabrés, des rocailles, des ruiffeaux, c'eft

le même coup-d'œil ; mais on aime
des ruines factices, des antiquités du
matin ; & cela s'appelle la belle nature. J'en excepte cependant *Bagatelle*,
où l'on a moins englomanifé. Le Château de Verfailles n'a point fuivi cette
méthode, n'étant pas fait pour imiter.
Il continue de nous préfenter la forme
d'un jardin françois, trop fimple à la
vérité, au point que les ftatues, ci-
devant environnés des plus charmans
bofquets, ont l'air de s'en attrifter.

J'apperçois les Grands ; c'eft ici leur
place. Jufte Ciel ! comme ils font petits : mais laiffez-les faire. Rien ne
fe perd moins que l'orgueil ; il faura
fe redreffer. Je les entends qui parlent
fans rien dire, à moins qu'ils ne caref-
fent myftérieufement un chien, tout
exprès pour faire effuyer des heures
d'anti-chambre.

Paroiffent-ils ? leurs politeffes font

impérieufes , leurs promeffes, des pa-
roles en l'air. Il m'a dit un mot,
dit avec tranfport un malheureux fup-
pliant ; il m'a regardé. Beau dédom-
magement pour toutes les peines qu'on
prend de leur faire la cour ! Falloit-
il donc qu'ils tuaffent d'un coup-d'œil,
l'infortuné qui réclame leur proteâion ?

Le fauxbourg Saint-Germain eft leur
réfidence. Ils font auffi mornes que leurs
hôtels. Un profond filence tient à leur
étiquette. Un Valet-de-Chambre, moitié
lifant , moitié bâillant , fe levant avec
peine , annonce comme par grace l'homme fans fortune. Enfin on le reçoit; enfin
on lui dit : Je penfe à vous ..... je parle-
rai... Mais quand ...? Ce moment ne
viendra jamais ; & le recommandé qui
cherche des places, ne trouvera, comme difoit un plaifant, que celle de Van-
dôme ou de la Place Royale.

Les grands , malgré leur grandeur,
donnent

donnent rarement à manger. S'ils for-
tent le matin, c'eſt pour courir la ville,
ſouvent mis comme leurs Valets. Ils ne
rentrent que pour ſe préparer à paſſer
chez le financier. Là, des tables ſomp-
tueuſement couvertes, mettent prefqu'au niveau le Duc & le Maltôtier.
Ce n'eſt qu'en retournant chez ſoi qu'il
parle de ſon hôte comme d'un bon
cuiſinier. Cependant la finance eſt la
mine qui enrichit les Grands. Elle leur
fournit des femmes qui leur donnent
de l'or. On laiſſe la nobleſſe allemande
citer les quartiers, & l'on penſe qu'un
tabouret à la Cour, vaut bien une ſtalle
à Maubeuge.

Mais prenons la loupe, & nous dé
couvrirons des Grands qui méritent de
ſ'être. J'en connois de bienfaiſans, d'inf-
truits, dont la gloire eſt dans les actions, & qui n'en parlent jamais. J'aime
d'ailleurs à me perſuader que ſi la va-

B

nité y eſt pour quelque choſe, on trouve au moins dans leur cœur un petit coin pour la vertu.

Les femmes de qualité ſe préſentent ici, plus piquées par hauteur que par amour, de voir leurs maris eſclaves de quelque fille affichée. Mais qu'y faire? C'eſt le torrent, & l'on ne peut l'arrêter qu'en prénant un époux décrepit. Encore..... encore.

L'une, en conſéquence, ſe tourmente à force de dévotion, tourmentant encore plus ceux qui l'approchent; l'autre ripoſte par un amant qu'elle promene à la barbe des Athéniens, ſans craindre le qu'en dira-t-on.... Mais la voilà qui paſſe plus fiere de ſes amours que d'une bonne réputation.

Quel eſt cet Abbé poupin que j'entrevois avec une brochure ſous le bras; cet angola qu'une Femme-de-Chambre apporte avec gravité; ce grand laquais

qui préfente un bouquet d'un air familier ? C'eſt le petit jour qui commence
chez la Marquife de ***; & c'eſt pour
prouver qu'elle a befoin d'une heure de
repos, quand elle en a dormi dix , qu'elle
bâille & qu'elle n'ouvre les yeux qu'à
demi. Bientôt des fards, des eſſences,
des nuages de poudre répareront les
incivilités du tems , & le feront repentir de ſon indiſcrétion. A Paris on ne
vieillit point, les douairieres, même
feptuagénaires, ont des graces, & l'on
penſe avec fageſſe que ſi l'on eſt aimable à vingt ans , on doit l'être quatre
fois davantage à quatre-vingt. Heureuſe
illuſion qui conferve les robes couleur de
roſe aux femmes décrépites ! On les trouve encore galantes ; on les écoute encore
avec le plus grand plaiſir ; mais depuis
que le trop fémillant Marquis de l'Et...
leur mangea des millions & les perfiffla,

leur écrin ne s'ouvre plus , & leur bourse est hermétiquement fermée.

Ils ont passé ces jours de fête , où l'on rouloit dans des voitures azurées, soutenues par les intrigues & par les amours; où les jolis minois étoient des billets payables à vue.

La coquetterie ne tient plus banque chez les Déesses du tems. Quelques serre-tête, voilà maintenant tout l'effort de leur générosité.

Encore si des préteurs venoient au secours de nos agréables; mais, hélas! on ne réussit presque plus auprès des Marchands; ils veulent des cautions, des hypotheques sur Paris; il faut les attaquer aussi long-tems que Gibraltar, & avec le même succès; comme s'il ne leur étoit pas honorable de se ruiner pour des gens de qualité; il n'y a qu'un Cordon qui puisse encore les éblouir.

Auſſi le Temple, aſyle des débiteurs, n'eut-il jamais plus de refugiés. On y paſſe comme ſi l'on alloit au bal, en talons rouges, en frac du jour, en chapeau retapé ; & quoique ſans argent, ſans crédit, on s'y ſoutient, on y donne des ſoupers, on y raſſemble des phrynés. Précieuſe induſtrie ; que de Chevaliers à la mode te doivent leur exiſtence & leur fierté ! toujours occupés de mariages, toujours remplis de projets, ils ſe ſoutiennent dans cet eſpoir. Heureux s'ils trouvent quelque Tailleur bénévole ; une élégante garde-robe leur redonne un nouvel être. Autrement on mue, l'on décline, & tout juſqu'aux larges boucles, s'engage ou ſe vend ; mais il y a des roſettes.

La prohibition des jeux ! quel funeſte coup du ſort ! que de jeunes gens aux abois ! Le fleuve du Potoſi rouloit dans chaque tripot, & ceux qui ſavent ſi bien corriger la fortune y puiſoient

longs traits ; & les roués s'y donnoient
par-ci, par-là des rendez-vous.

Etres fans fouci, fe jouant de toutes
les femmes en paroiffant les adorer,
charmans dans un tête-à-tête, fémil-
lans dans un repas, habiles à raconter
l'aventure de la veille, favans dans l'art
de bien placer le mot du jour, rimaillant par fois ; ils prennent toutes les
nuances du caméléon ; & les meilleures
fociétés croiroient manquer au coftume
de ne pas les recevoir. Au refte, qui
n'y reçoit-on pas ? C'eft bien pire que
tout cela. Venez demain diner chez moi,
difoit à Néronde, une femme de qualité ; c'eft le jour des coquins, & vous
vous amuferez.

Il faut dans Paris des perfonnes fur
tous les tons ; & tout y trouve fa place
jufqu'aux empyriques, jufqu'aux bateleurs, jufqu'aux chanfonniers, jufqu'aux
filles de moyenne vertu. Les unes en

plein vent, les autres en espalier n'ont pour vivre que des racrocs. D'ailleurs, par quelle raison Paris seroit-il plus privilégié que l'univers, où malgré la suprême sagesse qui le gouverne, il y a des grêles, des insectes, des inondations; mais ce qui doit charmer l'étranger, c'est d'y voir un monde libre & tranquille sous la garde des loix, sans autre rempart que des vitres, sans autre espionnage qu'une exacte vigilance; c'est de le voir à minuit comme à midi, dans les extrêmités, comme le centre, se reposer sur l'attention du sage Magistrat qui veille, & marcher d'un pas sûr au milieu des ténebres; c'est de voir enfin les Gardes-Françoises observer la plus stricte discipline sous les ordres d'un Chef qui devroit toujours vivre, & que sa magnanimité semble avoir chargé de faire les honneurs de la Capitale.

Les paffions ne débordent au milieu de Paris, que pour avoir des digues qui les arrêtent; l'on n'y connoit ni les cabales, ni les émeutes. Londres devient dans un moment la proie des factions; & Paris n'ufe de fa liberté que pour chanter fon bonheur & fon Roi.

De grands édifices y naiffent toutes les femaines, de petites roues tous les mois. On conftruit des bâtimens de maniere à pouvoir affigner leur durée. Les uns doivent fubfifter trente ans, les autres quinze; quelquefois même au bout de quelques jours on voit tomber les plafonds; mais qu'importe à ces peres de famille qui mettent leur bien à fond perdu, que leur maifon écroule après leur mort?

Le nombre des bâtimens n'a point augmenté la population; on veut maintenant des vaftes galeries, de

grands efcaliers, des cabinets d'hiftoire
naturelle, des bibliotheques, des appar-
temens d'hiver & d'été, fur-tout des
boudoirs, d'autant plus que chez les
riches il n'y a plus de gaité.

La gravité regne dans les repas comme
dans les entretiens, excepté quelques
charmans foupers d'où font fans doute
exclus les nouvelliftes & les pédans;
où l'on n'admet que des femmes fans
minauderies, des hommes fans préten-
tions; où l'efprit naît du fujet, ne faifant d'explofion qu'à la maniere du
Champagne qui pétille de lui-même,
& qui ranime la fociété.

Je ne parle point ici des foirées qu'on
paffe chez ces femmes qui, par habitude ou par intérêt, tiennent encore
quelques brelans. Leurs foupers, en ef-
figie, n'ont abfolument rien d'agréable.
Les uns affis, les autres debout en for-
tent à la hâte pour fe replacer auprès

d'un périlleux tapis, jusqu'au moment
où l'on vous prie de remener une Com_
teffe équivoque qui vous dit, *l'autre
jour*, en parlant de cinquante ans.

Je connois d'autres foupers encore
plus faftidieux, en ce qu'ils font fo-
lemnels. On n'y va que par invitation ;
& c'eft chez quelques douairieres de
qualité. Les nouvelles de la Cour s'y
débitent à voix baffe & d'un air myf-
térieux. Il s'y trouve toujours quelque
volumineux Abbé, qui dans l'efpoir
d'être Prélat, prend à compté des indigeftions.

Quant aux foupers qui fe donnent
à l'iffue des concerts, vous êtes perdu »
fi vous n'êtes pas Muficien ; on ne fait
que reffaffer des morceaux qu'on vient
d'exécuter à Paris comme ailleurs, fi
l'on ne choifit fon monde, il y a de
quoi périr. Les riches vous affomment
de leur orgueil, les fots de leur bruit »

& je ne vois que les beaux-efprits en core plus fatigans.

Vive le franc Parifien, lui qui fe dévoile fans contrainte & fans rufe ! Ceux qui font entés ne fe reffentent que trop fouvent de ce mêlange ; auffi quand le Roi dit, *ma bonne Ville de Paris*, il a principalement en vue ceux qui de pere en fils en font les citoyens, ceux dont les ancêtres admirerent Henri IV, & vécurent fous fes yeux. Le peuple même qui depuis cette heureufe époque s'eft renouvellé plus d'une fois, renferme des hommes vraiment recommandables ; ils ont une loyauté que rien ne corrompt & les poiffardes même, dont le langage révolte, à moins qu'on ne s'en amufe & qu'on n'en conroiffe l'énergie, font pleines de franchife & d'humanité ; leur fureur paffe comme une giboulée.

La Halle eft le pays qu'elles habi-

tent ; c'eft le jardin le plus riche de
la France ; la mine où s'enrichiffent
les Maitres-d'hôtel. Chaque Province
lui porte fes productions. La confommation eft trop confidérable pour
qu'elles foient à bas prix. Un louis
dans Paris vaut à peine fix francs dès
qu'il eft changé ; mais on y cache fon
indigence plus que partout ailleurs, &
l'on oublie fon pays natal pour l'habiter. Le prodige eft d'y voir des perfonnages qui n'ont rien, qui ne font
rien, qui ne demandent rien, & qui
vivent avec une forte d'élégance ;
quelque intrigue fourde les foutient ;
l'habit le plus caduc trouve encore
entre leurs mains le moyen de rajeu-
nir, & tout jufqu'au moindre chiffon
y prend un air coquet ; mais comme
Bias, ils portent tout avec eux.

L'on n'eft pas moins médifant à
Paris que dans les autres contrées, &
ce

ce font les gens les plus tarés qui dé-
chirent impitoyablement le prochain.
Ils gagnent les autres de viteffe. On
doit ce malheur à la circulation des
libelles, ainfi qu'à la baffe jaloufie qui
fe plait à dénigrer les vertus comme
les talens.

Il faut néanmoins convenir que les
rapports s'abforbent dans l'immenfité
des nouvelles & des événemens ; il y
a tant de faits qui fe fuccédent, qu'on
n'a pas le loifir de s'appefantir fur un
objet.

Une caufe remue toutes les têtes,
met tout le monde en l'air, appelle
toute la Ville au Palais ; demain,
c'eft un fonge. Les premiers petits
pois occupent plus le gros maltôtier
qui les convoite que toutes les plai-
doieries. Qu'on m'achete, dit-il, le
meilleur turbot, que le fort m'amene
un quine pour le joindre à mes cent

C

mille écus de rente , voilà mon univers
& mes Dieux. Il parloit encore lorfqu'une froudroyante apoplexie l'a rayé
du nombre des vivans , & placé dans
les affiches du jour ; c'eft la premiere
fois qu'il fut imprimé ; les cloches ,
pour annoncer fes obfeques , n'en feront pas moins de fracas. On a la
fureur des beaux enterremens ; vanité
d'autant plus inutile , que fouvent les
Prêtres même , ignorent le nom de
celui qu'ils vont inhumer.

Heureux Edit qui fupprimera les
Jurés - Crieurs , ces vampires de l'efpece humaine , qui ruinent les héritiers
du bourgeois & de l'artifan même ,
jaloux d'avoir des enterremens prefqu'auffi faftueux que ceux des Grands !
Quelle fingularité , difoit un Turc ,
voyant paffer un fuperbe convoi ! des
multitudes de flambeaux pour une
perfonne qui n'y voit goutte ; le bruit

de toutes les cloches pour un homme qui n'entend plus !

Mais que d'estampes qui se présentent à ma vue, & qui donnent un nouvel agrément aux boulevards comme aux quais ! Si l'on y découvre des caricatures, l'on y rencontre des choses vraiment précieuses. Les grands événemens du siecle, les grands hommes qui l'illustrent, s'y montrent sous un burin vigoureux, tandis que les gentillesses y sont rendues avec une élégance exquise. C'est un nouvel univers sur le papier.

L'Art du Graveur fait ici les plus grands progrès; c'est un honneur de se ruiner en estampes. L'idée qu'on les criera dans un pompeux encan, repait l'orgueil du riche qui les achete; il se transporte après sa mort, s'imaginant qu'alors il lui restera tout au moins une oreille pour entendre faire l'éloge de fes connoiffances & de fon goût.

Si l'on paffe dans les atteliers du Peintre & du Sculpteur , peu s'en faut qu'on ne croie Paris l'émule de Rome ; fable , hiftoire , tout a pris une ame chez les Robert comme chez les Greuze , chez les Houdon comme chez les Ménageau ; que de tableaux qui vivent ! que de ftatues qui parlent ! mais on les abandonne pour courir chez Curtius , & furtout pour aller voir le navire volant.

A propos , depuis qu'on en parle , il a parcouru l'univers , & il eft de retour. Tandis qu'on s'amufoit à difcuter fur la poffibilité de l'entreprife , il a profité d'un trente - troifieme vent , que perfonne ne connoit , (car les Marins n'en nomment que trente-deux) & par le moyen du fouffle le plus complaifant, il s'eft élancé dans la région éthérée.

Ceux qu'il tranfporta dinerent fur les fuperbes pyramides d'Egypte , fouperent fur la magnifique .tour de Pékin ; des efprits aëriens les fervirent avec une lefteté dont rien n'approche.

C'eft bien dommage qu'ils aient froiffé de trop près une commete menaçante, ils auroient fait le voyage le plus merveilleux , & nous fçaurions des nouvelles des planetes.

Ce fera pour la feconde fois , il prendra fi bien fes dimenfions , qu'il fe mettra au niveau des étoiles.

Tel eft le mérite de cette voiture, on part dans le plus grand incognito, & l'on revient de même, fans compter l'avantage d'éviter les mauvais gîtes, de ne plus voir les ridicules du tems , de ne plus entendre les caquets

d'ici-bas, de ne plus craindre les vo-
leurs, & fur-tout les créanciers.

Non, il n'y a que Paris pour les
inventions ; on attelera bientôt des
poiſſons à la place des chevaux, &
l'on ira ſe promener dans un char
traîné par des eſturgeons.

Tout eſt poſſible au François qui
veut ; il eſt trop aimable pour que les
élémens lui réſiſtent : le malheur d'I-
care fut de n'avoir pas été Pariſien.
Les inventeurs des machines aëroſta-
tiques auront penſé que leur beſogne
feroit à demi-faite, en s'eſſayant à
Paris où l'on eſt toujours en l'air, où
l'on eſt extrêmement léger , & cela
ne fut pas mal vu ; il ne s'agit que
de tenter.

Qui fit plus de prodiges que Jean-
not, qu'on voit, qu'on verra comme
un phénomene toujours renaiſſant ;
& ces enfans, preſqu'à la bavette,

qui, chez Audinot, jouoient la comédie avec le plus grand fuccès ?
S'ils croiffent, ce n'eft pas la faute
de l'inventeur ; il n'en eft pas moins
vrai qu'à Paris on fait être bon arle-
quin à dix ans. Les falles de fpectacle offrent la plus grande variété ;
l'on y trouve du fublime, du pathé-
tique ; en voulez-vous pour tous les
âges, pour toutes les conditions ? Vous
n'avez qu'à parler : on fait promener
dans toutes les loges la joie & la douleur à volonté. Célife, laffe de plaifirs,
& qui ne fait plus s'amufer qu'en
pouffant des fanglots, demande un
drame qui la fuffoque; & des Auteurs,
la plume à la main, difent : nous
voilà.

Il manquoit des falles de fpectacle
dignes de la Capitale ; & d'un coup de
baguette elles s'élevent ; font-elles bien
faites ? mais il ne s'agiffoit que de les

conftruire promptement. Des milliers
de jeunes gens & de vieillards demeu-
reroient abfolument muets , s'ils n'a-
voient pour entretien les Actrices &
les pieces de théatre. La falle de la
Comédie françoife n'eft pas moins in-
grate pour la vue que pour la voix ;
le frontifpice qui l'annonce auroit befoin , pour la relever, d'une place qu'on
ne fera pas : on facrifie tout dans Paris
à la cherté du terrein : c'eft bien heureux , dit une petite maîtreffe , en apprenant que les Anglois avoient pris
Saint-Euftache , qu'on n'ait pas mis
notre Comédie dans ce quartier-là ;
pourvu , toutefois, qu'ils ne viennent
pas jufques dans le fauxbourg Saint-
Germain. Voilà l'efprit à la mode ,
nulle connoiffance , nulle inftruction.

On répare le vice des théatres en
donnant de nouvelles Tragédies pleines d'exclamations , qui font le plus

bel effet, à l'aide de quelques hoquets
& de quelques fanglots ; de charmantes
Comédies où l'on trouve un hémif-
tiche , & quelquefois même un vers
heureux. — Cependant , point d'humeur : il y a de bonnes Pieces par-ci
par-là.

Plus de cabale depuis qu'on s'affied
au parterre, on n'ofe crier dans la crainte
d'être remarqué. Eh ! quel bonheur pour
des Acteurs, dont les uns (excepté cinq
à fix) fatigués par les ans, les autres,
ennuyés de leur état, ne jouent plus
que d'un air de prétention ; mais on les
laiffe, & l'on court chez Nicolet, ou
bien aux Variétés amufantes, où l'on
a donné plus d'une fois des Comédies
qui n'étoient pas d'une médiocre valeur.

De vingt fols qu'on payoit au parterre, à quarante-huit, quel faut, difoit
l'autre jour un Gafcon ! il n'y out te-

C 5

nir; il partit fur-le-champ : avoit-il
tort ? Il arrive par le Pont-Rouge, on
le fait payer ; il va s'affeoir aux Tuileries , on le fait payer; il gagne l'Eglife,
fe croyant à l'abri de tout impôt , on le
fait payer ; il vient en murmurant prendre un fiege au Palais Royal , on le fait
payer ; il veut fe repofer au Luxem-
bourg, on le fait payer ; il fatisfait un
befoin , on le fait payer ; il n'ofoit plus
ni s'affeoir , ni fe tenir debout , ni marcher , tant ces différentes conteftations
l'avoient effrayé ; lorfqu'il fuit le long
des murs de l'Arfenal , & il fallut encore payer.

Sandis , crioit-il le long du chemin,
ce pays n'eft pas fait pour des cadets;
à peine des ainés peuvent-ils s'y mon-
trer.

L'Opéra tomboit fans le combat que
fe livrerent les partifans de Gluck &
de Piccini. L'un par fa bruyante , l'au-

tre par fa mélodieufe harmonie forme-
rent deux feĉtes fur-le-champ. Il en
faut toujours à Paris qui fe terminent
en iftes. Jánfeniftes , Moliniftes , En-
cyclopédiftes , Magnétiftes , Globiftes,
Economiftes. Plus Gluck étonna les
oreilles , plus il fe fit admirer. On tra-
veftit Quinaut ; on fe dégoûta de Ra-
meau , tant la mode a d'afcendant fur
i'efprit françois. Elle le prend au col-
let , difoit Scarron , de maniere à ne
pouvoir s'en défendre.

Avec des voix qu'on tire de quelque
garde-meuble ; avec d'autres qui paffent de l'ouie au fentiment , on foû-
tien l'orcheftre ; & fi notre mufique
n'étoit écrafée par l'*E* muet qui fait
fa honte & fon défefpoir , Paris auroit
des Muficiens ; mais le Parifien n'aura
jamais pour la mufique la même ar-
deur que l'Italien ou l'Allemand ; &
tant mieux. La mufique rend l'homme

C 6.

taciturne, & devient la ruine des con-
verfations.

L'Opéra n'en fera pas moins recherché, comme ayant des morceaux
de la plus heureufe exécution.

Quand à la Comédie Italienne,
combien n'a-t-elle pas acquis depuis
qu'on s'eft avifé d'enter des gofiers italiens fur des gofiers françois, & depuis
qu'une brillante émulation l'enrichit
des plus charmantes productions! On
y fait fouvent contrafter le fentiment
avec l'efprit d'une maniere piquante.

Nicandre fe plaint, lui qui ne peut
marcher, de ce que les Salles de fpectacles fe trouvent aux extrêmités. Mais,
où pouvoit-on les placer?

La Sainte-Chapelle, dont on ne
parle plus depuis la mort de Boileau,
occupe le centre, ainfi que le Palais,
cet antre de la chicane où vont s'en-
gouffrer les cris du malheureux plaideur.

C'eſt là qu'une antique & reſpectable Magiſtrature, une main ſur le glaive & l'autre ſur la loi, prononce irrévocablement des arrêts de vie & de mort.

Si les Avocats étoient moins ſatyriques & moins verbeux ; s'ils appuyoient moins ſur des lieux communs, il y en a qu'on pourroit mettre en regard avec Démoſthene ; mais on déroule toute l'hiſtoire ſcandaleuſe des familles, & l'on remonte au déluge, pour dire qu'un ruiſſeau fait du dégât dans le pré d'un voiſin.

L'expoſition du fait, de la coutume, de la loi, voilà ce qui devroit former la ſubſtance d'un plaidoyer, au lieu de ce pathos qui, donnant au menſonge même le ton de la vérité, favoriſe l'ambiguité des Procureurs.

Pour ceux-ci le public me les abandonne ; & quoique je ſois éloigné de les taxer tous d'improbité, je ſçais qu'il en est qui distillent goutte à goutte le pauvre plaideur, bien plus habilément que ne feroit un Chymiste, & qui le réduisent au *caput mortuum.*

Ne pourroit-on pas, sans toujours les invectiver, les réformer, ou plutôt les refondre ? Si le mal est sans remede ; pleurez, Paris ; Provinces, tremblez : la grêle n'est pas un plus terrible fléau. Mais j'abandonne cette cause à *Jérôme Pointu.*

Cette Piece qu'on donne aux Variétés n'est guere plus ingénieuse que *les Battus paient l'amende*, & que *le Dindon rôti* ; mais on l'aime. Je ne fais point ici d'épigramme, il faut pour le peuple des Pieces de théatre qui lui ressemblent ; & l'homme le plus sublime tenant toujours à la terre, a souvent besoin de la raser pour ne pas donner dans le gigantesque. *Bayle* s'arrêtoit à voir les Marionnettes, *Malebranche de*

même On riroit davantage, & l'on
vaudroit mieux, fi l'on prenoit de tems
en tems quelque dofe de la groffe gaîté.

S'il n'exiftoit dans Paris que la forte
d'efprit que certaines perfonnes qui donnent le ton voudroient introduire, les
trois quarts des citoyens fuffoqués de
belles phrafes & de grands mots, for-
tiroient pour refpirer, & je me ferois
écrafer pour les fuivre.

Afin de nous délaffer de l'efprit à
la mode, foyons bêtes aujourd'hui,
difoit l'autre foir une Ducheffe pleine
de raifon.

La nature qu'on nous corne fans ceffe
aux oreilles, n'a-t-elle pas au milieu
du ramage des roffignols, le croaffe-
ment du corbeau, n'offre-t-elle pas
fous le même point de vue la rofe &
le chardon ?

La plaifante chofe, fi nos beaux-
efprits faifoient un univers à leur gré!

Il y auroit fûrement plus de ridicules qu'aux boulevards ; & , pour tout mettre au mieux , rien n'y feroit bien.

Moi , qui ne porterai jamais de pleureufes ni pour Cléopâtre ni pour Pompée ; moi qui crois avoir affez larmoyé, quand j'ai pleuré les morts du jour , fans y joindre ceux de l'antiquité ; eh ! ne m'ôtez pas la reffource de la foire : eh ! laiffez-moi les petits fpectacles.

Combien de gens pour qui la Comédie françoife eft trop belle ! Il feroit fâcheux qu'on ne pût s'amufer quand on n'eft ni bel-efprit ni Seigneur. Paris n'avoit autrefois que des bateleurs & des treteaux , & , dit le peuple , *il falloit bien durer.*

Mais voulez-vous , Meffieurs les Acteurs de la Comédie françoife , rendre coupable quiconque , ayant du goût , ne fréquente pas votre théâtre ? Premiérement jouez bien ; fecondement

donnez-lui fouvent du *Moliere* ; quelquefois du *Renard* ; fobrement du....
rarement du. .... jamais du..... par-là
vous rappellerez les déferteurs de la
Comédie, & vous les guérirez.

Bon, à ce mot de guérir, ne voilà-
t-il pas des Docteurs en fourrure qui
fe préfentent, comme fi cela les re-
gardoit : un pere défolé courant chez
un fameux Médecin, « pourqu'il vint
» à la hâte vifiter fa fille, prife de la
» petite-vérole, ne trouva qu'un an-
» cien valet, qui tout en fe grattant
» l'oreille & branlant la tête, lui ré-
» pondit : je le dirai bien à M. le
» Docteur, *mais nous ne fommes pas*
» *heureux en petite-vérole.* »

Il eft étonnant combien il y a dans
Paris de réputations ufurpées. Un grand
proclame *Orgon* ; quelques femmes de
la Cour le mettent en crédit, foit comme
Littérateur, foit comme Médecin, &

fes connoiffances font certaines & fon efprit eft univerfel. Il peut fe produire , & s'il trouve quelque contradiction , fa, fuffifance fera le refte. Paffe en fait de Belles-Lettres , mais en fait d'Occulifte ou de Médecin, ma foi, la méprife coûte un peu cher. N'importe, plutôt être occis par un Docteur à la mode, que de le congédier ; on a le plaifir de voir arriver la mort avec la nouvelle du jour , avec une figure féduifante, avec des propos anodins.

Les Ecoles de Médecine n'en font pas moins excellentes ; on y trouve de bons Profeffeurs & de bons Eco-liers , fur-tout depuis qu'on y procede par la Chimie. Difons un mot de la Faculté, qui n'a pu voir fans peine fortir de fon propre fein une rivale qu'on nomme Société. C'eft dommage que ces deux Corps, fans doute électriques ; ne fe foient pas heurtés ; leur choc nous

eût au moins donné des étincelles, &
leur jaloufie n'a produit que des invec-
tives.

Au refte, fans toutes ces bigarrures ,
Paris deviendroit monotone , & je le
vois comme le parterre le plus chan-
geant. On y cueille le lilas & la rofe
au milieu même des frimats. On diroit que le fol connoit le charme des
femmes aimables qui le foulent fous
leurs pas, & qu'il s'efforce de produire
des fleurs dignes de leurs attraits ; mais
le tems n'eft plus où les élégans de-
voient des fommes à leurs bouquetie-
res, & fe cachoient derriere un bouquet de jafmin & d'œillet.

Maintenant ils négligent les dons
de Flore pour courir après ceux d'A-
pollon ; cependant depuis la mort du
grand Poëte & du fameux Philofophe
qui ont emporté la maniere d'écrire en
belle profe comme en beaux vers ; que

de foibles Odes, que de froids difcours, que d'infipides Pieces de théâtre! Si l'on s'abaiffe, on rampe; fi on s'éleve, on fe perd.

Paris eft un Parnaffe où mille Auteurs, tant écrivailleurs qu'écrivains, fabriquent continuellement des Poëmes, des Romans, des Tragédies; & peut-être n'y en a-t-il que quarante (car il n'eft pas permis d'en rien rabattre) dont le nom foit connu des Neuf-Sœurs; on dit néanmoins qu'elles defcendirent l'autre foir dans Paris pour y faire un fouper; qu'il n'y eut que trois de nos Poëtes qui mangerent avec elles; que le refte fut à l'office : la chofe eft poffible.

Mais fi l'on n'en eft pas connu, on fe fait connoître par des querelles littéraires. Jamais elles ne furent plus fréquentes & plus dignes de mépris.

Eft-il donc fi difficile d'être Ecrivain

impartial ? & faudra-t-il , parce qu'on aura le vol de l'aigle , ou parce qu'on croira l'avoir , outrager le roitelet ?

Les Auteurs fe multipliant , fe font avilis. Pas un feul quartier dans Paris où l'on ne trouve quelque nouvel adepte efquiffant une Comédie , tricotant quelques phrafes , ravaudant quelques couplets ; & cependant le métier ne rapporte rien, pas même de la fumée : n'importe. Soit que l'air de Paris électrife les efprits, foit qu'il y ait plus de reffources, c'eft la Ville de l'univers où l'on fait le mieux & le plus fouvent des Livres. Je parle ici de la méthode. On écarte avec foin la redondance des Italiens , la diffufion des Allemands, & l'on n'appuie que fur des chofes effentielles. Les Auteurs ne l'ignorent pas , & tous viennent dans le centre de la fcience & du goût.

Ceux qui fçavent plaire , & fûrement il en exifte , confultent les femmes ; &

font bien. Le fexe recherché dans fa pa-
rure l'eft rarement dans fes écrits. On cite
fes lettres avec raifon comme les meilleurs tableaux de l'efprit & du cœur.

Un étranger cherchoit un jour fur la
carte de Paris l'hôtel où logeoient les
beaux-efprits. Vous les connoiffez bien
peu, dit un plaifant qui vint à paffer,
fi vous les croyez capables de vivre
entr'eux. D'ailleurs des génies font en
l'air.

Cependant le Louvre eft l'hofpice où
les plus diftingués tiennent leurs féances. Un Seigneur Ruffe fortant de
Vêpres ; & paffant à leur affemblée,
crut que c'étoit la continuité du même
Office. *Ils récitent des Hymnes*, dit-il,
*& je vois qu'ils s'encenfent tout comme
à Magnificat.* Mais ce qui l'étonna davantage ; c'eft qu'on foit obligé de
folliciter pour être Académicien, fur-
tout quand on lui dit que cela ne

rapportoit que de jetons. Pour moi, qui n'affiftai jamais à leurs féances , comme ayant peur des efprits ; qui n'ofe entendre leurs difcours parce qu'un rien m'épouvante , je n'en puis dire ni bien ni mal. Les Prédicateurs maniérés leur efcamotent tant qu'ils peuvent leur ftyle & leurs phrafes. *Notre Vicaire*, difoit un Payfan madré , *fait de l'éloquence fouettée comme je faifons de la créme , & il n'en refte que de la mouffe & du vent.*

Le merveilleux a gagné tous les hommes à talent. Les Organiftes mêmes s'entendent avec certains Orateurs pour caufer à l'oreille d'agréables titillations ; mais il n'appartient qu'à *Balbâtre*, ainfi qu'à *Miroir*, de faire dialoguer les fons , de les éloigner & de les rapprocher à leur gré ; de contrefaire enfin la foudre , de maniere qu'on croit qu'elle tombe, que le Temple écroule , que le monde finit.

Les Marchandes de Modes forment un autre genre de mufique pour les yeux, fi l'on connoit le clavecin des couleurs, imaginé par le Pere *Caftel*... Leurs magafins font des optiques où l'on voit toute la délicateffe des graces & toute la variété des nuances ; fur-tout la veille du nouvel an; les boutiques deviennent alors autant de foyers de lumiere, où les plus belles dorures fe confondent avec les plus vives couleurs. Le Palais marchand brille dans toute fa fplendeur, & le foleil paroît s'y lever en plein minuit. On vient d'en faire un édifice digne de la juftice qu'on y rend, quoiqu'il ne foit pas fans defaut.

Les modes qui n'ont pour objet que des agrémens, prirent la plus grande faveur fous le magnifique regne de Louis XIV. Eh ! combien la France

n'y

n'y gagnat-t-elle pas, lorſque les étrangers ſingerent les Pariſiens !

Quelle fécondité que celle qui produit ces modes ſi coûteuſes & ſi va-
riées ! Depuis la puce juſqu'à l'éle-
phant, tout eſt à leur diſcrétion. Cor-
roies de Moines, couleurs de Reli-
gieuſes, coëffures d'Abbés, ceintures
de Lévites! il ne manque plus que des
robes à ſonnettes comme celles du
Grand-Prêtre ; mais je doute que les
femmes vouluſſent en porter.

Depuis longtems l'on projette des
bourſes à cheveux de même couleur
que les habits. Eh! pourquoi différer?
Rien de plus agréable en ce genre
que de tout oſer. Un Peintre s'aviſa
de vouloir donner des tableaux de
toutes les modes naiſſantes, & chaque ſoir ſa femme venoit lui dire, *c'eſt
déja trop vieux, effacez.* On voit actuellement des bas moitié noirs, moi-

D

tié blancs, qui jouent les brodequins. On ne gagne à Paris que par l'invention, mais il faut se presser.

C'est sur-tout la maniere dont la mode influe dans la composition de certains ouvrages, qui mérite attention. Voulez-vous fabriquer un Livre qui soit court ? Faites galoper votre style, employez de grandes phrases, de mots rares, de rapides exclamations, d'abondantes métaphores, beaucoup de paradoxes, peu de raisonnemens, des leçons impérieuses au Monarque, des sorties contre les Moines, des réflexions hardies sur le Gouvernement, un galimathias métaphysique, un *tantinet* d'irréligion, sur-tout un titre neuf; voilà le livre à sa perfection. Il sera *philosophique*; il aura un style *brûlant*; chacun se l'arrachera; l'Auteur passera pour un Dieu. Vous révolterez les sages, mais vous les traiterez de fanatiques & d'idiots. L'argument deviendra péremptoire. Eh! que répondroient-ils?

D'ailleurs qui feroit maintenant affez ftupide pour ne nas favoir faire un Livre ? On apporte de l'efprit dans toutes les maifons; on vous force d'en prendre prefque malgré vous. Des Annonces, des *ProfpeЕtus*, des Découvertes. Les unes donnent de la fcience dans vingt pages; les autres vous apprennent des fecrets qui vous rendent Phyficien dans une femaine. Politique dans quinze jours, Médecin dans un mois.

De là ce monde qui babille fur tous les fujets; de là ce Philofophe de vingt ans, ce Poëte de feize qui tranche fur tous les Auteurs; de là cet efprit éparpillé jufques dans les boutiques, où l'on *ofe prononcer des mots uniquement faits pour notre bouche*, difoit l'autre jour un Académicien qui en étoit indigné.

D 2

Il n'y en a pas jusqu'au cocher qui lit *Voltaire*, jusqu'à la femme de-chambre qui ne connoît d'autre confession que celle de *Jean-Jacques*, & chaque événement qui naît dans Paris, n'est-il pas le sujet de mille entretiens?

Neris arrive actuellement dans le fauxbourg Saint-Germain ; *Jovel* dans celui Saint-Antoine, venant tous les deux des extrêmités du monde, ayant tous les deux des systêmes ridicules, un costume bizarre ; & demain, oui, demain, l'on débitera que l'un par un secret qui n'est connu que de lui seul, a deux cens ans, quoiqu'il n'en montre que cinquante ; que l'autre opere des résurrections par la vertu du magnétisme ou de l'orme pyramidal ; & on le croira ? C'est la science occulte des Anciens, & que bien des grands (parce qu'on y voit goutte) adoptent de prédilection ; mais rendons justice aux Parifiens , ils ne tardent point à mettre ces ridicules fur les théâtres.

Les modes n'ont pas moins influé fur la façon de vivre que fur les habits ? L'eſtomac eſt devenu délicat comme l'eſprit. Il faut à l'un des mêts exquis, à l'autre des livres friands. On dit l'école de *le-Sage*, fameux pâtiffier, comme on dit celle de *Michel-Ange*.

Le caractere de l'homme influe fur la maniere de fe nourrir , de fe loger, de fe vêtir , obferve Séneque.

Cependant il y aura toujours dans Paris un fonds d'honneur & de religion que la corruption du fiecle ne pourra jamais altérer. Heureufement toutes les femmes ne penfent pas comme la *fuperlicocantieufe* Hermandine qui fe marieroit, dit-elle, fi le mariage n'étoit pas permis, & ceux qui publient qu'il n'y a dans la Capitale que des femmes fans pudeur, que des hommes

D 3

fans foi, c'eſt qu'ils n'ont vu que la mauvaiſe compagnie.

Autre mode nouvelle que le grand nombre de célibataires, & mode qu'on doit chérir, ſi leur génération devoit leur reſſembler ! Égoïſtes par ſyſtême, la plupart d'entr'eux ne connoiſſent & n'aiment que le libertinage raffiné ; auſſi n'ont-ils que des femmes d'emprunt qu'ils renvoient à volonté ; ce que leurs domeſtiques imitent très-fidélement. Jamais la liberté ne fut plus près de la licence. La population en ſouffre ; & s'il naît des enfans..... Pauvres petits infortunés !.... Bientôt le ſacrement du mariage ne ſe trouvera plus que dans les Catéchiſmes.

Les plus reſpectables familles languiſſent par ce moyen, & les plus opulentes s'abiment. Quoique Paris ſoit la ville du monde la plus riche, ſurtout en numéraire, elle ſe voit parta-

gée en deux portions tellement iné-
gales, que l'une a tout, & l'autre rien.
C'eſt le pays des plus étranges diſpro-
portions, & ſouvent le Seigneur le plus
opulent fait de ſon hôtel un mauſolée,
pour vivre dans une petite maiſon,
ſans autre plaiſir que d'y jouir d'un
amour ſoudoyé. Bel attachement que
celui qu'on gage comme un mercenai-
re ! il ne peut faire que des ingrats.

Mais l'ingratitude, diroit un homme
à calembourgs, eſt maintenant tellement à la mode, qu'il n'y a plus de
reconnoiſſance qu'au Mont - de - Piété.
Peu s'en eſt fallu que ce langage ridicule ne vint à s'accréditer : c'en étoit
fait de la langue françoiſe, elle qui n'a
que trop d'échecs à ſouffrir de la part
de nos beaux-eſprits. Quant à la langue
latine, elle reſpire encore, graces à
l'Univerſité; ceux qui voudroient l'a-
broger ignorent qu'il faut avoir lu dans

les fources *Horace*, *Virgile*, & *Cicéron*, & que tout en les étudiant on fait des acquêts non moins utiles qu'honorables.

L'univerfité de Paris n'eft pas moins célebre par les hommes qu'elle a produits, que par fes privileges, & par fon antiquité : les colleges, qui forment fon domaine, lui donnent autant de relief que fa qualité de Fille aînée des Rois : elle a les grandes entrées à la Cour : c'étoit le moins qu'une fille majeure pût obtenir : fon Recteur n'eft plus qu'une ombre de rectorat, fi l'on obferve qu'il ne fait que pafter dans fa place, & que de tous fes privileges, il ne lui refte que celui de donner un Mandement, & d'indiquer une Proceffion.

Il fe couvrira de gloire, quand, voulant bien oublier fon pays latin, il demandera au Roi, de concert avec fes quatre Facultés, qu'il y ait, pour le bien public, un college dans le quartier S. Antoine, l'autre dans celui de la Place des Victoires, attendu que les écoliers paffent la moitié du jour dans les rues, fur-tout n'étant pas dans l'ufage de prendre le chemin le plus court.

On en comptoit jufqu'à trente mille autrefois, & c'eft beaucoup s'il y en a maintenant un tiers, encore n'eft-il heureufement connu que par des Prix qu'il remporte, & par quelques éfpiégleries.

La Sorbonne n'eft pas moins fameufe par le Maufolée du Cardinal *de Richelieu*, que par fes Docteurs. On y défigne les études qu'on y fait fous le nom de Licence, & ce mot eft fouvent bien adapté.

Les Écoles de Droit n'ont befoin que d'être fréquentées. Il eft inoui qu'on trouve le moyen d'y affifter fans y paroitre. Abus contre lequel toute la

Magiftrature doit s'élever. La jeuneffe difpenfée d'aller prendre réguliérement des leçons, fe pourvoit d'ailleurs. Eh! comment? Dieu le fait!

Parmi ceux qui peuvent habiter Paris, les uns pour s'inftruire, les autres pour fe placer, les trois quarts vieilliffent dès leur adolefcence, ayant grand foin d'efcompter leurs années : Je parle ici des plus fages. Les libertins s'endettent, brillent aux dépens de l'ouvrier qu'ils écrafent.

Triomphe à la vérité qui ne dure qu'un inftant. Les bijoux s'engagent, les habits fe vendent, & ces élégans comme ces moucherons qui voltigent avec des aîles dorées, n'ont qu'un an d'exiftence tout au plus.

Florimont difparoît fans qu'on puiffe en trouver la trace; le Perruquier le cherchè, le Tailleur le demande, & l'Hôteffe va pouffer de gros foupirs dans l'appartement dont il vient de déloger à petit bruit, encore plus désolée de ne le plus voir, que de perdre ce qu'il lui doit.

Tel fut le beau *Lilasor*. N'ayant d'autre patrimoine qu'une riche taille, qu'une figure radieuse, qu'une féconde induſtrie, il ſçait qu'une jeune Princeſſe étrangere vit en Allemagne, renvoyée par ſon époux ; il prend ſon miroir ; il ſe contemple, il ſe dit à lui-même : non, elle ne pourra tenir toute forte qu'elle eſt , contre ma figure, contre mon maintien , & je ſubjuguerai ſon cœur.

Déjà le voilà parti , ſans autre recommandation que ſes jolies manieres, ſans autres lettres - de - change que ſon eſprit. Il arrive , il ſe promene , il cherche les yeux de celle qu'il veut ſéduire, & il les rencontre. Il ne s'agit plus que de fabriquer des vers, il en

imagine où il parle de fon admiration
pour la Princeffe, il lui peint fon mar-
tyre & fes malheurs. Elle ne répond
point, mais elle eft émue ; elle ne l'a
point encore tiré de peine, mais elle a
foupiré, c'eft affez : quelques jours fe
paffent, *Lilafor* toujours confiant reçoit
un meffage qui l'introduit enfin auprès
de fa divinité. Hélas ! qu'eft-ce que la
vie ? Il devenoit fon écuyer, que dis-
je, fon ami, fi, malgré l'art de tous
les Docteurs, elle n'eut pas defcendu
brufquement dans le tombeau.

Non, il n'y a que dans Paris où
l'on puiffe former de pareils projets,
comme il n'y a qu'un François capa-
ble de les réalifer.

Il finit par époufer la premiere femme
de-chambre. Son hiftoire étoit une comédie, il lui falloit un pareil dénoue-
ment.

Tous n'ont pas le même fort. Plus
d'une

d'une fois des jeunes gens bien nés ;
qui dans la Province auroient honoré
la vie civile & leur profeſſion, finirent
à la Greve affreuſement leurs jours.
Mais ne nous ſouvenons de ce lieu que
pour nous rappeller les fêtes qu'on y
donne, & ſur-tout celle qui célébrant
la naiſſance de notre auguſte Dauphin,
fit éclater nos plus vifs tranſports. On
doit ſeulement s'étonner de ce que dans
une immenſe Capitale où le terrein ne
manque pas, on place dans un même
endroit les réjouiſſances & les ſupplices.

Mais voilà bien un autre coup-d'œil,
cette foule d'étourdis qui ſoumettent,
à leur tribunal, Monarques, Prélats
Miniſtres, Magiſtrats, Guerriers, Ecri_
vains, peuvent ſe nommer par dériſion
les Jugeurs de la nation. C'eſt ſur-tout
aux tables d'hôte, & dans les cafés
qu'ils affeſtent de fronder la réligion &
les mœurs, s'imaginant qu'on doit leur

E

favoir gré , quand ils ofent croire qu'il exifte un Dieu.

Ils feroient encore moins pitoyables , dit *Jean Jacques Rouffeau* , s'ils n'avoient jamais lu.

Paris auroit trop d'agrémens , fans ces difformités. C'eft le rofier qui , màlgré fes brillantes fleurs & leur agréable parfum , laiffe entrevoir des épines & des infectes , depuis que chacun s'inftruit à fa maniere , & réforme fon éducation par de faux principes qu'on adopte fans examen ; on fait des cours de fatuité , & Paris abonde en chevaliers d'induftrie. C'eft à qui prendra des airs , des titres , des noms. Un Seigneur étranger avoit un jour vingt convives à fa table , tant Barons , que Comtes , Marquis , & qui s'en retournerent tous roturiers ; ils prenoient en entrant chez lui , ces brillantes qualités , qu'ils dépofoient à la porte ; le Prince le fçut ,

& dit en riant , les François font ex-
cellens pour bien jouer la comédie ,
mais il ne les invita plus.

Il eſt cependant un mêlange d'âges
& de conditions qui honore l'humanité. Pariş raſſemble aſſez communé-
ment tous les états dans ſes différentes
ſociétés. Le roturier mange à la table
du Grand , & il n y a que le noble
d'hier qui s'en offenſe.

Les François , amis des talens & de
l'eſprit , ne s'aviſeront jamais d'aller
chercher trente - deux quartiers , pour
qu'on ait droit de manger avec eux.
D'ailleurs ils riſqueroient ſouvent de
diner ſeuls. Donnez-moi l'écuſſon des
Princes étrangers que vous m'avez pré-
ſentés , diſoit une Ducheſſe à un Am-
baſſadeur , & je vous tiens quitte de
leurs perſonnes.

Mais en voilà une qui entre au petit
Dunkerque , magaſin raviſſant où l'on

trouve des chef - d'œuvres en tout
genre. N'attendons pas qu'elle forte.
Elle va paſſer trois heures à conſidé-
rer , à queſtionner , à vouloir tout
prendre , à ne rien acheter. C'eſt la
manie des Grands. Plus minutieux que
les Bourgeois dans leur marchés , ils ne
décelent que trop ſouvent une ame
roturiere quand il s'agit de payer. Le
créancier comme l'ouvrier n'arrache
leur argent qu'à force d'importunités.
» Vous revenez tous les jours , diſoit
» un Marquis à ſon fourniſſeur; mais ſi
» je n'ai payé perſonne depuis dix ans,
» il eſt abſurde de me tourmenter „,

On ſçait perdre & l'on ne ſçait ni
payer , ni donner; on dérobe aux domeſtiques mêmes le moindre profit , &
l'on ménage les chevaux comme s'ils
étoient de verre. On a des voitures,
plus pour les boulevards que pour des
courſes inévitables ; & lorſqu'on vous

dit qu'on marche à pied pour fa fanté, très fouvent on vous ment.

On ne voit que des avares faftueux : béniffons cependant l'avarice qui empêche les riches de fe faire voiturer ; Paris, fans cela, deviendroit un dédale d'où l'on ne pourroit s'arracher, furtout depuis qu'on veut des écrafeurs pour cochers.

Garre ; les voilà qui paffent plus rapides que l'éclair, éclabloussant celui - ci, renverfant celui - là, répandant l'alarme, femant la terreur.

Ne nous donnera - t - on point une nouvelle fatyre fur les embarras de Paris ? Ils ont augmenté de moitié depuis celle de Boileau. Des hommes en l'air s'échaffaudent de toutes parts, pofent des pierres fur des fommités ; & pour payer la curiofité du paffant qui les confidére, font toujours prêts à tomber. Ce n'eft qu'après avoir difputé fa propre vie, qu'on rentre chez foi, tant les rues font obftruées par des obftacles toujours renaiffans.

Encore n'eft-ce rien en comparaifon de la fin du jour. Les ouvriers quittent alors leurs travaux, reviennent chargés des outils de leur métier, ce qui rend leur rencontre périlleufe ; mais pour peu qu'on ait l'ame fenfible, on plaint le malheureux qui fe traine fous le poids de fes fardeaux, & l'on fe dit à foi-même : il ne m'embarraffe, que parce qu'il m'eft utile.

Quant aux cabriolets, d'autant plus dangereux qu'ils roulent rapidement & fans bruits, qu'ils ne fervent trop fouvent qu'à prouver l'étourderie & la fatuité, je ne vois dans leur voifinage que des rifques à courir.

Le carroffe devient prefqu'un befoin dans Paris ; mais par la raifon qu'il

faut marcher à pied pour fe bien porter, il ne fe change que trop fouvent
dans une infirmerie.

Voyez ce Prélat à face apoplecti-
que ; de fon hôtel dans fon carroffe,
de fa table au lit : il y a dix ans qu'il
exifte de la forte, & que fes jambes,
comme la plupart de fes Vicaires-
Généraux, font feulement honoraires.

Une grande portion du Clergé fe
tient volontiers à Paris, cette ville étant
le centre des fciences, des affaires, &
du goût ; mais la malignité ne l'entend
pas de même : s'il falloit prouver en
Juftice ce qu'on débite fur fon compte,
que de calomniateurs ! on ne veut plus
croire à la vertu, & pour un fcandale
donné, l'on oublie mille bons exem-
ples.

Quelques *moinillons* défavoués par
leur Corps, qui croient fe donner du
relief en ofant dans les promenades pu-

bliques étaler le papillotage & la fatuité, voilà ce qui malheureusement reflue fur le Clergé, dont les fonctions, comme l'origine, en imposeront toujours à la faine raison.

Rien de plus digne de la Religion, que la maniere dont on fait l'office dans les Eglifes de Paris, que les vertus de l'illuftre Prélat qui gouverne, le zele des Curés qui édifient, que l'ordre qui regne dans les Communautés.

Mais ici les Nouvelliftes m'interrompent. Les uns raffemblés par le patriotifme, les autres par le bavardage, ceux-là par l'oifiveté ; ils fe fachent, ils parient, & cette petite guerre qui recommence chaque jour, n'eft pas moins opiniâtre que celle dont ils parlent.

Ils tenoient autrefois chapitre autour de cet arbre fameux qui dominoit dans le Palais Royal, maintenant ils fe réuniſſent aux Thuileries, ſous les drapeaux de quelque Préſident qui prononce ſans appel, & qui en eſt quitte pour avoir un pied de nez, s'il vient à ſe tromper.

Paroiſſent enſuite les prôneurs, troupe légere des beaux-eſprits, qui mettent un homme à la mode, ſelon leur caprice ou leur intérêt. Il faut les entendre pour ſavoir tout ce qu'on doit les apprécier. Ce ſont des diſtributeurs de réputations, & d'autant plus libéraux qu'en ce genre ils ne gardent ordinairement rien pour eux. Il ſuffit qu'un Journaliſte rende compte d'un Ouvrage, pour qu'ils frondent ſon avis, voulant être ſeuls juges & partie. On les connoît à leur morgue, ainſi qu'à leur ton tranchant. Ajoutez qu'il n'y a de gens de mérite que ceux qu'ils louent, & cela doit être, pour que leur amour-propre ne ſoit pas bleſſé.

Mais la nuit approche, & Paris ne

E 5

paroît pas moins brillant ; des files de
réverberes forment autour de la Seine
la plus charmante illumination ; & demain le foleil ne fe levera que pour laif-
fer entrevoir ces fuperbes avenues qui
partent des extrêmités de la Capitale,
& qui conduifent à des lieux enchan-
tés, tels que Vincennes, S. Cloud,
Meudon, où des maifons délicieufes
fe trouvent à profufion.

Ne craignez pas que le monde qui
fe répand fur ces routes, vienne à s'é-
puifer. Il fe renouvelle à tout moment,
fur-tout les jours de fêtes, & dans une
telle affluence, qu'on croiroit Paris un
défert, tandis que Paris s'apperçoit à
peine de ces émigrations. Les rues, les
places, les fpeĉtacles, les Eglifes mêmes
(oui, beaux-efprits, les Eglifes, quelque chofe que vous difiez) ; tout eft
plein. Ce ne font que fept cents mille
Citoyens, mais des êtres qui fe remuent ;

& pendant ces deux momens Londres voit son triste Parc aussi morne que ceux qui l'arpentent.

O Paris, que de cris d'allégresse dans tes guinguettes! que de convulsions de joie dans tes bosquets! les danses, les symphonies, les festins, tout annonce la gaieté. L'on y tient aux bons Gaulois pour la franchise; au bon vieux tems pour la liberté. Nul pays sur la terre où l'on sache mieux en user; c'est la confrairie des heureux que ces différentes familles qui, toutes ensemble, peres, meres, enfans, vont se refaire de six jours de travail; qui toutes de concert rient sans gêne, parlent sans fard, & le verre en main atteignent presque le bonheur. Là les laquais font les maîtres, & souvent le font mieux que ceux qu'ils servent. Il arrive du moins à quelques-uns d'avoir l'âme plus élevée. Les sentimens ne suivent pas

E 6

toujours la condition. Si la magnanimité conftitnoit les Seigneurs, que de
roturiers parmi les Grands !

L'heureufe aménité qu'on admire
chez les François, vient fans contredit
de la fociété des deux fexes. Dans toutes les claffes, il eft des femmes na-
turellement aimables qui favent agréablement diverfifier leur efprit ; mais on
n'acquiert l'ufage du grand monde,
qu'en fréquentant celles d'un haut rang.
Point de femme entretenue qui puiffe
les copier ; point de bel-efprit qu'elles
ne déroutent, quand elles veulent per-
fiffler. *Roxan* pour leur répondre, appelle à fon fecours fes belles phrafes
& fes grands mots, & l'on n'a d'autre
plaifir que celui de jouir de fon embarras. Toutes les fois que les penfées feront des propres, & non des acquêts,
on déconcertera les pédans.

Mais quel bruit énorme vient frap-

per mes oreilles? qu'eſt-il donc arrivé?
voyez comme le peuple accourt à
grands flots, comme il s'entaſſe, comme il ſe précipite! Ah! Ciel.... Eh
quoi? c'eſt un ſerin qui s'échappe de
ſa cage, & la multitude étonnée ſe
colle ſur ce rare objet. Au reſte toute
grande Ville, & Londres même a ſes
badauts. On ſait qu'un aventurier fit
croire autrefois à tous les Lords qu'il
entreroit dans une bouteille, & 'que
malgré leur morgue ils accoururent en
foule pour voir cet étrange événement.

D'ailleurs dans Paris les défauts comme les ridicules, les diſparates comme
les difformités ſe fondent au ſein des
richeſſes, & des plus agréables points
de vue; ſi des ponts couverts de ca-
hutes dont l'époque remonte au trei-
zieme ſiecle, déparent l'intérieur de
la Ville; combien le Pont-neuf, rendez-vous de toutes les nations, ne

dédommage - t - il pas de ce triſte
coup - d'œil ; mais on y riſque plus
qu'ailleurs la rencontre d'un créancier.
Auſſi nos élégans n'y paroiſſent - ils
qu'en voiture, ou qu'en voltigeant
ſur la pointe du pied.

Quelle perſpective que la galerie du
Louvre, que le Collège Mazarin,
que l'Hôtel de la Monnoie, que les
Quais, que la Statue de HENRI IV,
ce bon Roi dont la mort fut moins
un trépas, qu'un nouveau regne !

C'eſt en face de ce précieux monument que je bâtirois l'Hôtel de Ville ;
criez à la dépenſe tant qu'il vous plai-
ra, mais je défie qu'on puiſſe mieux
le placer. Il en coûteroit la place Dau-
phine, qu'on ne pourra ſurement pas
regretter.

Il ſeroit à deſirer que les clochers de
Paris, comme les minarets de Byſance
fuſſent ſurdorés ; outre que cela répon-

droit à la magnificence françoise, on
en découvriroit mieux la Ville qui ne
se présente avec avantage d'aucun côté.
C'est une coquette qui, pour mieux ex-
citer des desirs, cache la moitié de ses
attraits ; mais que ne fait-on pas jour-
nellement pour l'embellir ! Une nouvelle cité vient de sortir de ses flancs,
& nous avons vu depuis quelques années, des cloaques mêmes se changer
en rues bien alignées, en palais su-
perbement ornés. L'Architecture s'est
en quelque sorte égayée, faisant de
burlesques coups d'essai dans la maniere de construire des hôtels. Il en est
qu'on peut nommer de jolies mons-
truosités, & qui deviennent des phé-
nomenes depuis qu'on place sur des
toits les plus élégans jardins.

Mais je voudrois au moins que les
Architectes propriétaires des plus magnifiques maisons, & qui sans doute

font jaloux de leur réputation , ne tra-
vaillaſſent point ſur le plan ridicule
qu'on leur trace ; car je n'oſe ſoupçon-
ner qu'ils ſe portent d'eux-mêmes à nous
bâtir des lanternes , plutôt que des ap-
partemens. D'ailleurs quel goût bizarre
que celui de multiplier les colonnades
à profuſion , de ſorte qu'on peut dire
à chaque étranger , aimez-vous les co-
lonnes ? on en a mis par-tout.

Dans Paris , diſoit un Architecte
Italien , les grands édifices ſont trop
affaiſſés , les maiſons trop élevées , les
nouveaux palais , des caſernes, ou des
cloîtres.

Paris n'en eſt pas moins la Ville la
plus célébre par les établiſſemens. Que
de Manufactures brillantes & ſolides !
que de ſuperbes hôtels qui ne paroiſſent qu'un point dans ce petit tableau !
& cependant quelle immenſité que celui
des Invalides ! beauté dans l'enſemble,

proportions dans les détails , tout y
eſt parfaitement aſſorti , & *Mopſe* moins
François que Danois , *Mopſe* , helas !
propoſoit de le ſupprimer , ſous prétexte
qu'il étoit faſtueux , comme ſi le premier Monarque de l'Univers ne devoit
pas donner quelque choſe à la majeſté !

L'Ecole Militaire près de ce vaſte
dôme qu'on croit en face , de quelque
côté qu'on l'obſerve , a l'air de ſe ca-
cher ; mais ce monument, n'en eſt pas
moins digne d'attention ; & ſi la Chapelle enchante , le Champ de Mars qui
le précede , étonne agréablement les
yeux.

Quittons ces magnifiques objets , &
parlons un moment des commodités
de la vie. Combien ne ſont-elles pas
ici multipliées ! des quatre parties du
monde il arrive à chaque moment de
quoi ſatisfaire les beſoins & les fan-
taiſies. Le bourgeois même ſe trouve

mieux logé que bien des Seigneurs
du Nord & du Midi. Les dépenfes font
tellement proportionnées, que rien ne
dépare ce qui fe préfente à la vue.
Dans un clin-d'œil vous y trouvez do-
meftique, équipage, logement, habit,
& tout, avec une élégance qui vous
charme & qui s'étend fur tous les objets. Pourpeu qu'on defire, on eft fervi.
Tous eft fous la main; tout parle, tout
fonne; tout fe meut à volonté. Dès le
matin les feuilles les moins volumineufes
& les plus utiles viennent avertir les habitans de ce qu'on loue, de ce qu'on
vend, & les inftruire par une jufte ana-
lyfe, & des Spectacles, & de l'Ouvrage qui paroit.

De là ces murmures fréquens chez
le Parifien qui voyage. La comparaifon qu'il fait entre ce qu'il rencontre,
& ce qu'il laiffe, l'impatiente & le
décourage. Ah! s'écrioit une Petit-

Maitreffe , voyageant dans la Weft-
phalie ; oui , plutôt fe faire enterrer à
Saint-Sulpice , que d'habiter ce maudit pays.

Les étrangers toujours multipliés
dans Paris , y trouvent des hôtels-
garnis capables de les fixer.

Et l'infortune qui n'abat prefque jamais ? compterons-nous cela pour rien ?
On y renvoye le plus leftement du
monde fon chagrin. Oh ! comme je
pleurerai dans quelques jours mon époufe , difoit Damon en apprenant fa mort !
mais aujourd'hui ne dérangeons point
notre partie de plaifir.

On connoît au loin tous les avantages que la Capitale produit , & voilà
pourquoi les barrieres font toujours af-
fiégées , d'une foule de Provinciaux.
Quelles fingulieres réponfes n'en au-
roit-on pas , pour peu qu'on vint à les
interroger ! L'un diroit , je viens épou-

fer ; & qui ? je n'en ſçais rien , mais quelque bonne rencontre me l'apprendra ; l'autre, il n'y avoit pas aſſez de vices dans mon pays pour ma fortune & pour mon appétit ; & , coûte qui coûte, je viens en acheter. Celui-ci, j'ai la rage d'être homme d'eſprit, & je veux me bourrer de brochures nouvelles , pour m'apprendre à produire de belles phraſes, de jolis bons mots. Celui-là , j'ai cherché à me débarraſſer du joug de la Religion , à ne plus aller à l'Egliſe (& l'on n'y prendra pas garde à Paris) ; & moi, diroit le dernier, j'étudierai la Loterie Royale à mon aiſe , & je prendrai des connoiſſances, de maniere à gagner tout au moins un quaterne.

C'eſt réellement un travail pour pluſieurs que la combinaiſon des Loteries. Ils ne peuvent ſe perſuader qu'il n'y

a point de calculs à faire fur le ha-
fard. Heureufe illufion pour les joueurs
& pour les banquiers! Avec ces projets l'on roule en carroffe , on achete
des palais, & ces fonges bercent agréablement la vie. Des châteaux en Ef-
pagne font des tréfors pour une imagi-
nation vive & féconde.

Ariane vend fes meubles, vend fes
bijoux, & fe ruine à prendre des ter-
nes & des quines; mais elle s'en con-
fole; elle mettra fon honneur à fond
perdu.

Silence ! les voilà qui fendent la
foule ; filence , encore une fois ; &
pour peu qu'on en parle, on fçaura
que ces demi-dieux trouverent par leurs
intrigues comme par leurs monopoles,
le moyen de fe bâtir enfin des palais
où ils fe roulent fur l'or & fur l'en-
nui, n'ayant de connoiffances & d'amis
que les fept péchés capitaux. Si leurs

peres revenoient ! ... Eh bien ! il les feroient manger avec leurs valets - de-
chambre, car ils ne fçavent plus qu'il
exifte une loi qui ordonne d'honorer
pere & mere, pour vivre longuement.

Je peins ici des gens à la douzaine
qui doivent tout à la fortune, rien
au mérite ; qui feroient au défefpoir
qu'on les crût bienfaifans, par la raifon qu'on pourroit les importuner.

Des hôtels à des hommes de cette
efpece ! des facs de velours gallonnés
d'or à leurs époufes qui ne paroiffent aux Eglifes que pour s'y mon-
trer avec impertinence ! voilà, je l'a-
voue, ce qui me fait enrager.

Et parmi ceux qui grillent de faire
fortune, *Migas*, Libraire, ne fera-t-il
pas compté l'être le plus honnête,
quand il ne veut gagner que cent pour
vingt ? Auffi le voyez-vous trembler
quand il s'agit d'acheter un manufcrit.

Eſt-il volumineux ? il en coûtera trop
pour les frais de l'impreſſion; eſt-il pré-
cis ? il ſera contrefait ; pretextes ſur
prétextes , & toujours des prétextes
pour ne rien payer !

Mais, chut….On a beſoin de Librai-
res lorſqu'on écrit , & d'ailleurs Paris
en aura toujours d'une claſſe diſtin-
guée.

Ne doit - on pas leur ſçavoir gré
d'avoir mis *Cicéron* en Adonis, *Tacite*
en Petit-Maître, *Séneque* en damoi-
ſeau ? Ils les ont habillés d'une maniere raviſſante en bleu céleſte ,
verd-pomme , en nacarat.

Combien les mânes de *Virgile* n'eu-
rent-elles pas de plaiſir à voir les Géor-
giques entre les mains des plus jolies
femmes , avec les livrées de leurs graces & de leur amabilité ? Sans cette
agréable fureur , qui , dans le ſiecle
où nous ſommes , ſouffriroit d'auſſi

antiques productions ? Ce ne seroit ni
d'*Argon*, qui ne lit que des Ordonnances
& des Traités ; ni *Sibilée* qui n'a jamais
parcouru que l'Almanach Royal ; ni
Glandel qui ne connoit rien d'intéres-
sant que ses bons mots , & qui les fête
avec octave pour leur donner plus de
célébrité ; ni *Lycas* , qui critique tous
les Livres mêmes dont il n'a vu que
le titre , mais dont il hait l'Auteur qu'il
ne connoit pas davantage.

Et *Glusson* , qui pour mieux vendre
ses productions , ne les fait paroître
qu'en magnifiques reliures , & qu'avec
des estampes dans le dernier goût ? &
le petit génie des petits Écrivains ,
mis en petits *in-seize* ? Comme cela
plait ! comme c'est bien assorti !

Sans cet expédient , l'Abbé de***
n'eût jamais lu ; & la chose lui paroit
si bonne , qu'il voudroit une édition du
Bréviaire en cinquante-deux volumes,

pour

pour en parcourir un tome chaque se-
maine fans en être fuffoqué.

Au refte il eft des Ouvrages d'un
autre genre, qui n'ont que quelques
pages, & qui font encore trop longs ;
témoins certains difcours qu'il faudroit
traduire en François, quoiqu'écrits dans
cette langue ; fuite du mauvais goût
qui s'introduit depuis vingt ans.

Quant à la liberté de la Preffe que
tant de perfonnes paroiffent defirer, on
ne connoit pas l'efprit de Paris, quand
on ofe former un pareil fouhait ; les
coups de plume n'y feroient pas moins
rapides que les coups de langue, &
chacun pourroit s'attendre à fe voir
diffamé ; le tout pour rire, à la vérité ;
car le François n'eft pas méchant.

Mais demandez aux parens d'*Orlinde*
s'ils feroient bien-aifes qu'on imprimât
qu'il fçut efcamoter un maufolée pour
honorer fa mémoire après avoir des

F

honoré fa vie par des rapines & par
des concuffions ; demandez à *Lucile* qui
joue la prude depuis vingt ans , fi fes
amours divulgués flatteroient fon ame
timide & fa vanité ; demandez à Dom
Flavien , Moine fucculent , s'il aime-
roit à lire la lifte de fes indigeftions ,
& des bouteilles qu'il a fablées ; demandez enfin à ce gros Bénéficier , s'il ché-
riroit la brochure qui lui prouveroit que
fes Bénéfices lui coutent foixante mille
livres , & qu'il eft auffi déteftable ca-
fuifte , qu'excellent fimoniaque.

Ce feroit d'ailleurs fournir des ar-
mes à la calomnie , & d'autant plus
dangereufes, que l'Ecrivain fatyrique
invente auffi facilement , que les fots
croient tout ce qui s'imprime.

Les parafites , me crie quelqu'un
dont je connois la voix, n'auront - ils
pas auffi leur article ? Eh ! laiffons-les
diner. Au bout du compte , c'eft un

repas qu'il faut prendre, ou chez les autres, ou chez foi. Ne paient-ils pas affez leur écot? l'un en apportant cent nouvelles vraies ou fauffes, mais ramaf-fées avec le plus grand foin; l'autre en faifant provifion de bons mots, & fe tenant à l'affut pour les placer avec dextérité. Il n'y a pas jufqu'à l'orgueil même qui vaut, à certains perfonna-ges, les honneurs d'un diner. On les croit d'un mérite important, parce qu'ils prennent un air dédaigneux, & qu'ils ne parlent pas, fi ce n'eft pour contredire.

Je citerois Paris pour fes repas élé-gans, fi les convives étoient mieux abreuvés. Il n'appartient qu'aux Sei-gneurs Allemands de prodiguer les meil-léurs vins avec une faftueufe générofité. Ce qui fâche les étrangers, c'eft qu'on y recule chaque jour le diner, & que bientôt, comme difoit ingénieufement une femme aimable, on n'y dinera que le lendemain.

Les Reftaurateurs ne laiffent que le defir d'aller manger ailleurs, lorfqu'on y a pris un repas. Tous les plats font en miniature, & tout s'y vend au poids de l'or. Les élégans qui ne font rien moins que pécunieux, n'y vont que par ton : auffi ne manquent-ils pas d'étudier la lifte des mets, & de paffer deffus comme un chat fur la braife, dans l'appréhenfion de les trouver trop chefs. *Réfeéloire de Capucins*, difoit un Gafcon, il n'y a point de nappe, on n'y parle pas, l'on en fort avec appétit.

On raconte qu'un plaifant ayant efcamoté la carte pour en fubftituer une toute compofée de ragouts extravagans, tels que *chauve - fouris aux oignons*, ou *lézard aux petits pois*, &c... un Bailli, tout arrivant de la Provin-

ce, y fut pris, & que tenant la chofe
pour réelle, il s'écria plein de fureur :
» on m'avoit bien dit qu'on ne faifoit
» rien à Paris comme ailleurs, & que
» des modes ridicules avoient tout
» gâté, jufqu'à la maniere de faire
» la cuifine ».

Il en eft de cette hiftoire comme d'un
brave Poitevin arrivant à Paris, à qui
des Meffieurs confeilloient de voir la
veuve du Malabar, & qui leur répon-
dit : *je n'ai point heureufement les mœurs*
de Paris, & je m'en tiendrai, s'il vous
plait, à ma femme.

Mais quelle foule de noctambules !...
Je parle des cochers de fiacres qui dor-
ment en vous menant, & qui ne fe trompent jamais. Je ne redirai point que les
caroffes ouverts de tous côtés expofent
à toutes les injures de l'air ; il fuffit
d'obferver qu'ils devroient au moins
avoir un uniforme à la maniere des

postillons. On n'auroit pas le désagré-
ment d'avoir sous les yeux la triste
image de la plus dégoutante impropreté,
& les femmes ne reculeroient pas d'horreur toutes les fois que des écuyers de
cette espece, s'approchent pour les ai-
der à monter.

Il faut, autant qu'il est possible, ré-
pandre sur toutes les conditions cet
esprit d'ordre & de propreté dont les
grandes Villes ont principalement besoin; aussi pouvons-nous dire que les
hôpitaux offrent dans Paris des points
de vue dignes d'admiration. Il y a jusqu'à sept mille personnes dans celui de
la Salpétriere, qui vont, qui viennent,
qui travaillent, qui gardent un silence
rigoureux, & ce sont de simples filles
qui, silencieuses elles-mêmes, en empêchent d'autres de parler.

Approchez-vous ici, tendres orphe-
lins, qui n'avez d'autres peres que l'état,

votre innocence fait oublier le crime qui vous donna le jour. JOSEPH daigna vous vifiter , cet Empereur qui déjà commande à la poftérité , & votre afyle ne lui parut pas le moindre monument qu'on remarque dans Paris. Il en eft un autre qui s'éleve pour les Militaires , qu'on ne peut aſſez préconifer. Quant à l'Hôtel-Dieu , il y faudroit... mais je m'arrête : LOUIS XVI regne , & le moment s'approche où chaque malade n'aura plus que fon propre mal devant fes yeux. Qu'eſt-ce en effet que l'aſſociation de quatre moribons fur un même grabat ? Spectacle d'horreur ! & dans la confufion de tant d'hommes entaſſés , que de méprifes inévitables ! Saigner celui qu'on doit purger , couper la jambe de celui qui fe porte bien , enfevelir celui qui ne penfe point à mourir. Voilà les inconvéniens.

Mais que de connoiſſances la Chirugie françoife, fi juftement renommée dans tous les pays de l'univers, n'acquit-elle pas dans ce lieu ! C'eft là qu'au milieu des miferes humaines, elle apprend à les foulager, & que du fein même de la mort elle tire des inftructions propres à rendre la vie.

Ses Écoles font un édifice que les connoiffeurs ne fe laffent point d'admirer. Il en eft de même de quelques Églifes; mais donnez-leur des places pour ne pas offufquer les yeux. Le portail de S. Sulpice feroit un chef-d'œuvre, s'il étoit vu de loin. La Bafilique de Sainte Genevieve, monument où l'élégance françoife & la Majefté romaine s'embraffent mutuellement.

La rage de bâtir eft tellement à la mode, que le foir n'interrompt point les travaux; & minuit devient une heure plus bruyante dans certains quartiers que midi dans plufieurs Villes de

Province. Pauvres malades, dormez fi vous pouvez.

Tout le monde n'eft pas comme la Comteffe de... cette belle extravagante, dont le plaifir confifte à confondre la nuit avec le jour, à ne fe retirer qu'au moment où l'aurore paroit, à ne fe coucher prefque jamais pour dormir.

Symphoniftes , chanfonniers , cris des animaux, cris des vendeurs, claquemens de fouets, roulemens des voitures, cloches, cors de chaffe, tambours, fifflemens, glapiffemens, heurlemens : quel épouvantable réveil-matin ! Tout, excepté le tonnerre qu'on n'entend pas , rend Paris la Ville la plus tumultueufe de l'univers , & de ce chaos nait la liberté.

Chacun trouve fon plaifir à vivre fans gêne, parmi tant d'entraves & d'embarras: fage dans un quartier, libertin dans un autre , demain chez les petits , aujourd'hui chez les Grands , tantôt connu , tantôt *incognito* , tantôt magnifique , tantôt en deshabillé , faifant enfin dans la Capitale vingt perfonnages différens , n'en jouant aucun dans la Province. Que d'individus qui reffemblent à ce portrait !

Cette grande liberté nuit fans doute aux attachemens. Dans Paris , beaucoup de connoiffances , peu d'amis ; beaucoup d'amourettes , point d'amour ; il y a trop de monde pour qu'on y fente le befoin d'aimer & d'être aimé. *Micolin* qui donne de grands diners , vient à mourir , on paffe fans douleur chez le Finåncier voifin qui fçait le remplacer. Les fpectacles épuifent la fenfibilité ; il refte très-peu de larmes pour les morts & pour les malheureux. Il y a plus de deux heures que je pleure Iphigénie , & vous voulez que je pleure encore

papa, difoit une fille revenant du fpectacle, à fa mere qui lui reprochoit fon
infenfibilité fur fon pere expirant !

Parlons maintenant du tems. Une
femaine n'eft qu'un jour dans Paris, à
raifon des courfes , des affaires , des
plaifirs ; tout s'y grave, s'y imprime ,
tout s'y chante, tout s'y publie ; mais
un mois y vaut une année pour la mul-
tiplicité des événemens. Que d'obftacles ! que d'embarras , fi l'on vient de-
mander, fi l'on vient plaider !

Le plus cruel affujettiffement eft celui des Perruquiers ; ils vous tiennent
aux arrêts tous les matins ; & pour fur-
croit de malheur, ils ne comptent pas
les heures comme nous. En bonne juftice, s'ils étoient riches, on les con-
damneroit à reftitution. Que d'audien-
ces, que d'affaires, que d'entrevues ,
que de mariages même qu'ils font tous
les jours manquer !

» *Sandis* j'époufois une héritiere de
» cent mille livres de rente , & de cent
» mille vertus en bon fonds , difoit
» l'autre jour le Baron d'*Eftrapinon-
» das* , fi j'arrivois à neuf heures du
» matin ; il s'agiffoit de l'entrevue , &
» par la faute d'un maudit Baigneur,
» je ne me préfente qu'à midi ; l'ima-
» gination avoit galopé pendant ces
» trois heures, & la Marquife de *Bel-
» laventure* ne me reçut que pour me
» dire adieu. »

» Je me débattis voulant tuer de tous
» bras...... mais je dis.... non....
» qu'elle fe marie ; le plus grand affront
» qu'elle puiffe avoir , c'eft de ne pas
» époufer un cavalier de ma figure &
» de mon nom ; on n'en trouve pas de
» mon efpece au litron. „

Il n'y à plus de noces dans Paris
que chez le peuple & la demi-bour-
geoifie. Les Grands font figner un con-
trat,

trat, répandent quelques billets d'avis ;
& voilà toute leur dépenfe : auffi dès
le lendemain oublie - t - on qu'on eft
marié. Je ne m'apperçus d'avoir une
femme, difoit un élégant, que le jour
qu'elle mourut, car alors je ne fus point
au fpectacle ; & cet élégant a fçu trouver une feconde époufe.

Dites aujourd'hui les chofes les plus
révoltantes, mais d'un ton plaifant, &
vous êtes un homme délicieux, qu'on
s'arrache, & qu'on veut toujours voir.
Le bon-fens eft configné à la porte de
certaines maifons, de maniere à n'y jamais pénétrer.

Il faut être de bon compte ; tout efti-
mable qu'il eft, il devient quelquefois
morofe & pédant fi l'on n'a foin de
l'affaifonner à la françoife.

Il frémit, par exemple, à la vue des
Porcnerons ; & néanmoins le peuple a
befoin de ce délaffement , néceffaire

G

d'ailleurs pour la confommation d'une Ville telle que Paris , où les Marchands détailleurs doivent fubfifter.

Si *Teniers* eut feulement efquiffé les Porcherons , ce feroit fon meilleur tableau.

Les gens de qualité fe traveftiffoient autrefois pour jouir , pendant quelques momens , d'un fpectacle auffi bizarre ; mais depuis qu'ils ne font plus de piquenique , ils ne paroiffent qu'à Longchamps. Perfonne à Naples , ainfi qu'à Madrid , de quelque rang qu'il foit , pas même le Monarque , ne fe fert de caroffe pendant la Semaine-Sainte ; & Paris faifit ce moment pour rouler dans les plus leftes équipages : c'eft le triomphe des femmes entretenues ; voilà comme la diftance de quatre cents lieues différencie les mœurs.

On diroit à voir les langueurs du carnaval de Paris , qui ne confifte que dans quelques bals faſtidieux , qu'on réſerve toute ſa gaieté pour les derniers jours de Carême : il n'y a guere que cette ſaiſon où la nobleſſe paroit en cohue.

Choſe inouie que le raffinement de la volupté ! pour avoir voulu trop s'amuſer , on ne ſe réjouit plus ; les plaiſirs à la mode ſont triſtes, à moins qu'une chanſon à la *Malborough* ne vienne rappeller le bon vieux tems ; alors grands & petits ſe mettent à l'uniſſon.

Mais qu'apperçois-je ? des affiches dans des las de fleurs, & magnifiquement écrites en lettres d'or. Ah ! c'eſt pour mieux tromper ; rien de plus cher que la marchandiſe du détailleur qui s'annonce par de jolis tableaux, à moins qu'il ne vende en conſcience ; inconvénient encore pire que le premier.

J'ai connu une petite dévote , (Dieu

veuille avoir pitié de fon ame !) qui
vendoit le double , parce qu'elle ne
vouloit pas fe damner : les uns fou-
tenoient qu'elle étoit Janféniſte , les
autres Moliniſte ; pour moi , qui n'ac-
cuſe perfonne ; je dis ſimplement
qu'elle étoit fripponne.

Quoiqu'il en foit, il faut avouer
qu'il n'y a rien de plus complaiſant
& de plus poli que ceux qui tiennent
boutique ou magaſin dans Paris.

On achete aux foires à meilleur
marché ; mais celles de Saint-Laurent,
de Saint-Germain , les deux feules
qui fubfiſtent , n'attirent les étrangers
qu'à raifon des fpectacles : mais ,
géans, monſtres de toute efpece, tout
s'y trouve pour alluciner le Public ;
& les jolies filles de boutique qu'on
y loue, font venir une foule d'amateurs.

La Redoute fuccede au Colifée dont

le mefquin édifice n'a pu fupporter un
fi grand nom. C'eft la falle des enchan-
temens, & chaque année l'on s'en dé-
goute. Pour moi, je ferois d'avis qu'on
n'en conftruifît plus qu'avec des para-
vens. Cela fe fermeroit comme un Livre, quand on viendroit à changer,
& fur-le-champ l'on donneroit une
nouvelle forme.

Mais parlons de quelque chofe de
plus folide, & qu'on n'ébranle pas
comme on veut ; des prifons !....
La bienfaifance de LOUIS XVI les
rend prefque agréables. Efpace, propreté, falubrité, tout s'y trouve ; &
l'on doit fe flatter que Noffeigneurs
les Maréchaux de France, Juges du
point d'honneur, fubftitueront enfin
aux affreux cachots de l'Abbaye,
quelqu'afyle plus vafte, plus fain, &
plus convenable à des Gentilshommes
punis pour dettes, ou pour rixes.

G 3

La Baftille.... Paffons vite!... c'eft le feul objet fur lequel les Parifiens, qui ne fe laiffent manquer de rien en fait de bons mots , font exactement filencieux.

On leur reproche de fe confoler de tous les événemens par une chanfon, ou par un épigramme; c'eft , à mon avis , la conduite la plus fage. Rien de plus ridicule que de s'affliger d'un mal qu'on ne peut empêcher. Si c'eft un impôt, payons & chantons.

Le Parifien Philofophe par tempéra‑ment, non par reflexion, fe modele fur *Démocrite.* Ma foi, c'etoit un ai‑mable homme, & non ce fombre *Dio‑gene* qui fe concentroit dans un ton‑neau ; & non cet *Héraclite* qui, pre‑nant le monde entier pour un maufolée, s'y fit donner la place de premier pleu‑reur. J'aurois voulu les voir, ces deux êtres bizarres au milieu de nos orgies.

Ils auroient fini par donner à leur humeur farouche le ton du pays où,
comme des ours , on les eût fait
danfer.

Les rives de la Seine ne font ni
celles de la Tamife , ni celles de l'Ef-
caut. On y veut des habitans qui répondent à l'aménité de ce fleuve fi
juftement célébré par l'immortel *San-
tcuil* , & dont l'eau quelquefois trou-
ble , mais toujours falubre , s'échappe
à travers des fontaines auffi renom-
mées pour les infcriptions que pour
l'architecture.

Comment parler de l'Obfervatoire,
quand on n'eft pas Aftronome ? Ce
lieu dont la pofition ifolée femble dire
à tous les ignorans : n'approchez pas !
Cependant ils devinerent, ces ignorans,
que l'éclipfe de 1764 ne rameneroit pas
les ombres de la nuit, & que la comete
qui devoit calciner la terre, ne fe ren-

droit pas coupable d'un pareil attentat.
Il exiſte encore des yeux qui valent des
téleſcopes.

Tandis qu'à l'Oſervatoire on ſpécule
les aſtres ; on examine au Jardin du Roi
les productions de la terre dans ce qu'elles ont de plus rare & de plus utile. Tout triſte qu'il eſt ce Jardin im-
poſant, il prend un air de gaieté. O
Buffon ! que de merveilles raſſemblées
par tes ſoins ! L'immortalitée même
a dépoſé tes Ouvrages dans les pre-
mieres Bibliotheques du monde, en
diſant : ils dureront autant que moi.

L'on ne ſçauroit croire combien
l'éloge qu'il fait du chien, l'a rendu
cher à nos charmantes Pariſiennes.
Leur attachement pour ces animaux eſt
ſi vif, que la Marquiſe de *** vouloit
à toute force faire inoculer une épa-
gneule ; & que le fameux T. n'en eut

repos qu'en lui rappelant une Dame
morte à la fuite de l'inoculation.

Ajoutez qu'il n'y a point de jour dans
Paris où l'on ne promette des récom-
penfes à ceux qui rapporteront des
chiens perdus. Eh ! que feroit *Menclide*
fans cette reffource ? On dit qu'on en
loue à la porte des Thuileries pour des
femmes qui , dans leurs promenades ,
ont befoin d'un pareil truchement , ou
d'une pareille fociété.

Ici la Place Vendôme & la Place
Victoire s'offrent à la vue. L'une eft
auffi folitaire que l'autre eft fréquen-
tée , & toutes les deux ne font pas
moins d'honneur à Paris , qu'à celui
qui les a deffinées.

Si de là nous paffons aux Bibliotheques , nouveaux étonnemens ! nouvelle admiration ! Ce n'eft pas feulement chez le Roi qu'on trouve une
admirable collection de Livres & de

G 5

manufcrits ; des Monaftères, des Particuliers même ont de quoi fatisfaire la curiofité de tous les amateurs.

M. le Marquis de *Paulmy*, ancien Miniftre de la Guerre, eft, dans ce genre, d'une richeffe immenfe, & fes connoiffances répondent à la multitude de fes Livres qu'on fait monter jufqu'à quatre-vingt mille.

Il fe fait un plaifir quotidien de conférer avec ces ames anciennes & modernes dont on a recueilli les plus précieufes penfées, de les appeller les unes après les autres, de les interroger, d'avoir leurs réponfes fur-le-champ. Mais il feroit à defirer qu'on laiffât au moins quelques Bibliotheques ouvertes pendant les vacances. L'étranger qui vifite Paris dans cette faifon, n'eft pas toujours d'humeur d'envoyer fon efprit en campagne. Il veut le cultiver en feptembre commé en mai. Mais cette réflexion échappera comme tant d'autres ; & voilà comme les Livres ne font prefque jamais d'aucune utilité.

Si des Bibliotheques on veut paffer dans des Cabinets curieux , Paris en poffede de tout genre ; & c'eft du reffort de l'Académie des Sçavans qu'on peut dire bien compofée. L'on eft feulement fâché de ce que fon Journal s'amufe à rendre compte des Ouvrages frivoles : autant de perdu pour des lecteurs profonds.

Mais qu'apperçois-je ? une fecrete horreur me faifit. Ah ! c'eft la *Morgue* , antre lugubre où l'on tranfporte les morts fans aveu ; les uns tués dans quelque rixe , les autres qui fe font ôté la vie. Comment ? le fuicide !... il femble que les Anglois n'en perdent l'habitude que pour nous tranfmettre cet abominable délire.

Faut-il donc moins de courage pour

mourir à chaque moment qu'on respi-
re , que pour ne périr qu'une seule fois.
Sans le goût du siecle pour les plus
étranges paradoxes , celui qui se détruit ne seroit aux yeux du Public qu'un
poltron échauffé.

Mais qui sont ces hommes rassem-
blés autour d'un méridien ? & pourquoi reglent-ils leurs montres avec tant
de précision ? je vais vous le dire. Ce
sera pour aller diner , sans penser qu'une
multitude d'honnêtes gens ne dinent
pas ; Pour se promener de toutes parts,
sans entrer chez un homme de merite
qu'on sçait être dans la peine ; Pour
parcourir vingt brochures qui ne valent
pas un bon Livre ; Pour aller apprendre à neuf heures du soir qu'il a plu
tout le jour , ou qu'il a fait beau. Pauvre existence , comme on te balotte !
comme on t'avilit !

La meilleure maniere d'honorer le

tems, feroit de chercher tant d'hommes de mérite qui fe cachent ; de les
faire defcendre de leurs galetas où le
malheur les atteint, & de les foulager.
Quel doux moment pour des ames
fenfibles ! quel exercice pour la générofité ! Mais où fe tient-elle, cette belle
inconnue ? j'indiquerai l'hôtel de l'a-
varice ; je connois le palais de l'orgueil ;
j'ai vu celui de la folie, fans pouvoir
dire s'il exifte une maifon qui s'ouvre
à l'afpeft du malheureux. Le luxe a
tari la fource des libéralités, & il n'y
eut jamais de monitoire pour décou-
vrir les hommes à talens, comme il y
en a tous les jours pour trouver les
malfaiêteurs. Amitié, parenté même ;
foibles titres pour ouvrir la bourfe des
riches. Je ne vois que la médiocrité qui
affifte l'indigence.... Puifqu'enfin vous
ne voulez pas mourir, difoit le jeune
Arifte a la tante la plus riche, la plus

avare , & la plus vieille , dont il atten-
doit depuis long-tems la fucceffion ;
daignez du moins pendant vingt-qua-
tre heures faire la morte, & fur-le-champ
je trouverai du crédit.

L'étranger qui ne fait que paffer à
Paris , n'en eft pas extrêmement frappé
C'eft un grouppe de vices & de vertus, de merveilles & de défectuofités
qu'il faut débrouiller pour mettre les
chofes à leur jufte valeur.

Que de magnifiques points de vues !
que de beaux monumens ! que de chofes élégantes ! témoin la Coupole de
la nouvelle Halle , ou plutôt du Temple de Cérès, dont les Fées femblent
avoir été les Architectes.

Combien d'inventions autant agréables qu'utiles dont Paris fut la fource ,
& qui brillent chez l'étranger ! auffi
peut-on l'appeller le foleil du monde
moral , qui par fes rayons ravive tou-

tès les contrées. Les unes le voient
en face, les autres ne l'apperçoivent
qu'obliquement ; mais point de pays
qui ne participe à sa chaleur , point
de Cour qui ne se ressente de fécondité.

Tout François élevé dans Paris ,
met toutes les femmes de son parti ,
pour peu qu'il veuille se produire·
Elles lui passent ses étourderies, en
faveur de son amabilité.

Il a mangé les trois quarts de mon
bien , disoit une Baronne Allemande ,
en parlant du Chevalier de *** ; mais
s'il venoit à reparoître , nous finirions
le reste , tant il est ravissant. Les vertus des Anglois, ajoutoit - elle , ont
l'apreté d'un fruit sauvage, tandis que
les défauts mêmes des Parisiens ont
quelque chose d'agréable.

Si je ne ne parle point des Philo-
sophes modernes, c'est qu'ils existent
plus dans leurs Livres que dans la so-

ciété ; & ces Livres, on a fu les éva-
luer.

Quant à nos bons Rois, rien de plus
analogue à leurs goûts, que les fuperbes places où la reconnoiffance les a
placés. LOUIS-LE-GRAND au milieu
de fes victoires, LOUIS-LE-JUSTE parmi
les Seigneurs, HENRI IV au fein du
Peuple, LOUIS XVI dans tous les
cœurs.

Tel eft Paris en abrégé ; & s'il eft
vrai, comme dit un Auteur Italien,
qu'il y a huit mois d'hiver & quatre
de mauvais tems, au moins eft-il conf-
tant que l'air n'y fut jamais contagieux.
On n'y connoît point la pefte, malgré le brouillard qui regne prefque toujours fur fon horizon, & l'on n'y meurt
que parce que la mode de mourir n'a
point encore paffé ; mais que de morts
différentes dont on reffent ici les effets !
On y meurt à fa famille, fe croyant

trop grand feigneur pour la fréquenter;
à fon nom, ne le trouvant point affez
beau pour le porter; à fa réputation,
parce qu'il n'eft plus du bel air de s'en
occuper; à fa fortune, en faifant l'im-
poffible pour fe ruiner; à la Religion,
en penfant comme l'extravagante *Eu-
génie* qui fe fera déifte, dit-elle, fi jamais elle devient dévote.

D'après cela, les métamorphofes de
Paris ne vaudroient - elles pas celle
d'*Ovide*? Quoi de plus curieux que d'y
voir la fervante maîtreffe, le commis
feigneur, le moine petit-maître, l'abbé
athée? Et ce qui défole l'homme qui
penfe, c'eft de faire la cour à de fi
dignes perfonnages; c'eft d'aller vingt
fois fans les rencontrer. Point de petite
affaire dans Paris. *Aminte* y vint tout
jeune pour obtenir un emploi, & les
cheveux d'*Aminte* ont blanchi fans qu'il

ait rien obtenu, mais *Aminte* efpere encore.

L'efpérance dans Paris, ne fe foutient que par des illufions. Ecoutez l'être
le plus malheureux; il vous entretien-
dra de quelque grande découverte dont
il a le fecret; il vous parlera férieufe-
ment de quelques millions qu'il eft au
moment de palper; & ce qu'il y a de
plus plaifant, c'eft qu'il en eft forte-
ment perfuadé, tandis qu'il ne fait pas
où prendre le premier fou.

Je ne vois à travers ces magnifiques
rêves que celui des Francs-Maçons qui
puiffe amufer. Ils jouent à la Chapelle
avec la plus grande gravité; ils fe raf-
femblent fous le fceau d'un fecret qui
n'exifte pas, pour faire agréablement
pétiller le champagne & l'efprit; mais
chut.... Ne pas refpecter leurs myfte-
res, c'eft les contrifter; & ils font trop

aimables pour qu'un profane ofe fe rendre coupable d'une pareille témérité.

Leur affociation n'eft pas la feule qui exifte dans Paris ; l'efprit à la mode aimant à faire des explofions éclate dans différentes fociétés. On les nomme des Mufées ; & c'eft là qu'au milieu d'un cercle d'amateurs , on lit de la profe & de la poëfie , qui hauffent ou baiffent comme les actions ; mais qu'on écoute avec plaifir , parce qu'on aime la nouveauté.

D'ailleurs cela multiplie les jouiffances ; & tandis que les uns trouvent la folitude & la verdure des forêts dans Paris même au milieu des plus féduifans jardins ; les autres fe délectent à courir les affemblées où l'efprit met enfeigne pour fe faire écouter. Avoir feulement un billet pour s'y rendre , cela vaut un

accessit ; & cela maintient l'émulation.
Si des persiffleurs en badinent , c'est
qu'il n'y a dans l'univers ni mérite, ni
ouvrage , ni établissement qui n'ait des
contradicteurs. Le firmament lui-même
n'a pas sçu plaire à tous les mortels.
Un Roi d'Espagne disoit que s'il eut
créé l'univers , il auroit fait les Cieux
de cryftal.

Je finis sans avoir parlé des portes
de ville , parce qu'il n'y a dans Paris
que des arcs de triomphe ; & que cette
Capitale , semblable au cœur des François , n'est jamais fermée. Venez , dit-
elle à toutes les nations qui couvrent la
furface de la terre ; venez , noirs ,
blancs, libres, efclaves, Princes, Su-
jets, venez ; & dans une paix que rien
n'altere , & dans la fociété des femmes
les plus aimables, des hommes les plus
communicatifs , loin du defpotifme ,

loin des inquifitions, fous les yeux des meilleurs Maîtres ; vous connoîtrez à toute heure le plaifir d'exifter ; venez, je n'ai ni barrieres, ni foldats qui vous empêchent d'approcher ; charmante invitation qui fe fait entendre jufqu'aux extrêmités du monde ; & l'Indien comme le Turc, le Sicilien comme le Ruffe arrivent à perte d'haleine, fe dépouillent de leurs mœurs, abjurent leurs coftumes & deviennent Parifiens.

Si d'après tant d'avantages & tant d'agrémens répandus dans Paris, il y a des perfonnes qui ne le goûtent pas, nous les fupplions d'en refaire un autre ; & tout en attendant, nous préconiferons cette heureufe Capitale, malgré fes ombres & fes défauts, comme le lieu le plus focial & le plus charmant de l'univers.

(130)

Tantùm alias intèr caput ex-
tulit urbes ,

Quantùm lenta solent inter viburna
cupressi.

VIRG... Ecl... I.

F I N